魏三外传

周育德/著

河北出版传媒集团
河北教育出版社

图书在版编目（CIP）数据

魏三外传 / 周育德著 . -- 石家庄：河北教育出版社，2023.8
 ISBN 978-7-5545-8024-0

Ⅰ.①魏… Ⅱ.①周… Ⅲ.①长篇小说 - 中国 - 当代 Ⅳ.① I247.5

中国国家版本馆 CIP 数据核字 (2023) 第 136893 号

书　名	**魏三外传**
作　者	周育德

出 版 人	董素山
策　划	刘贵廷　任晓霞
责任编辑	赵莉薇
装帧设计	李关栋
出版发行	河北出版传媒集团
	河北教育出版社 http://www.hbep.com
	（石家庄市联盟路 705 号，050061）
印　制	石家庄市西里印刷厂
开　本	787 mm×1092 mm　1/32
印　张	8.625
字　数	160 千字
版　次	2023 年 8 月第 1 版
印　次	2023 年 8 月第 1 次印刷
书　号	ISBN 978-7-5545-8024-0
定　价	39.00 元

版权所有，翻印必究

序 一

2020年"新冠"疫情突然袭来，打破了平静的生活秩序。我们这些老年人不能"白衣执甲"奔赴抗疫前线，子女和学生还一再告诫：你们保护好自己就是对家庭和社会的奉献。但大家都不愿意虚度光阴，总想尽可能地冲破疫情的阴霾，放出几缕"晚霞"来。

周育德学长是我辈中成绩卓著的一位。一日，他打电话来，说他写了一部六万字的《魏三外传》提纲，发给我看。我打开电脑立即展读，读后拍案叫好，并向几位朋友做了宣扬。看过书稿的朋友也都说好，希望此书能尽快写成出版。近日，育德兄又告我，这段时间，他对书稿又做了增润，篇幅扩充一倍。河北教育出版社决定出版，这是好事。育德兄命我作序，自应从命。

育德兄是著名戏曲史家，在当代的汤显祖研究专家中居于前列，他担任中国戏曲学会汤显祖研究分会会长，是实至名归。他在清代戏曲研究方面也很有成绩。早在20世纪80年代，他发现和阐释了《消寒新咏》全帙，校点了《古柏堂戏曲集》等戏曲文献资料，丰富了清代戏曲学术研究库廊。

他熟悉清代梨园掌故与文献,对清朝戏园和场上演出情景都有所研究,对梆子戏有独特的见解。育德兄的戏曲论著体现了他义理、考据、辞章兼具的学养。

育德兄还有一个很大的优点,他的文章和讲课都能寓庄于谐,深入浅出,文章引人入胜,讲课颇受学生欢迎。《魏三外传》也具有这样的特点。

《魏三外传》的主人公是清代乾隆、嘉庆年间梆子名旦魏长生。

育德兄用小说的形式,编织了魏长生一生的故事,把清代乾隆、嘉庆年间的戏曲发展史做了艺术化的表现,把对这一段历史研究的成果做了一种另类的解读和表述,具有相当的思想性、学术性、独创性和可读性。

乾隆、嘉庆年间,是中国戏曲发展史的重要阶段。在这个历史时期,发生过一系列与戏曲有关的重大事件。比如《四库全书》的编纂和由它连带发动的全国剧目大审查,比如文化市场上的"花雅之争"、徽班进京等,都是与戏曲艺术发展有关的重大事件。在这段历史时期,有两位杰出的戏曲艺术家进京,对戏曲艺术的发展产生了重大的影响。一位是梆子名旦魏长生,一位是徽班名旦高朗亭,他们在北京的活动撬动了中国戏曲艺术的杠杆。

在这段历史时期，中国戏曲艺术生态发生了巨大的变化。育德兄对这段历史有自己独到的理解。他认为，在花雅争盛的市场角逐中，昆曲走向衰落，梆子腔、皮黄腔等地方声腔蓬勃发展；但各种声腔竞争的结果，是梨园人士达成了建立多声腔戏曲命运共同体的共识，基于这种认识而产生了雅俗各异的多声腔共存的戏曲班社。徽班是多声腔剧种共生共存的成功的产物，后来京戏的形成是其最辉煌的成果。

梆子名旦魏长生是具有全国影响的杰出的戏曲艺术家。他的活动奠定了梆子腔的历史地位，而且推动了梆子腔走向全国，和徽班的走红也有密切关系。遗憾的是关于这位杰出的艺术家，迄今尚未有系统而全面的研究成果。甚至在《中国戏曲志》的四川卷和陕西卷中也只有数百字的含糊的叙说。育德兄通过为魏长生立传，把魏长生活动的社会文化环境和他的艺术贡献，做了形象的艺术化的描述，令人信服地展示了作者对这段戏曲历史研究的体悟与心得。

戏曲艺术是中华文化的瑰宝。戏曲史的研究是发扬优秀戏曲文化的重要方面。如何让更多的人通过阅读，了解中国戏曲的历史，是戏曲史研究者义不容辞的任务。戏曲史研究有多种路子。如何用小说的样式把沉睡的历史激活，《魏三外传》做了有趣的尝试与探索，展示了一种具有独创性的学术研究路数。

《魏三外传》对戏曲史论著中屡屡提到的魏长生所创造的"梳水头""踩跷",以及轰动京城的演出等事,做了合乎情理的解说,还提供了魏长生和清政府两次禁唱秦腔法令的关系,提供了魏长生和同时代著名文人李调元、焦循的关系,这些都是关系重大却为戏曲研究者们比较忽略和鲜少提及的问题。

既为小说,当然离不开艺术虚构。此书的故事情节虽出于想象,但书中所写的重要关目都有着史料文献的根据,并非任意杜撰。所以,此书既是一部小说,又具有鲜明的学术色彩,是戏曲史研究的重要成果。

《魏三外传》将传统章回小说和现代小说的风格融为一体。全书结构完整,节奏明快,叙事生动,笔法圆熟,文字洗练,是一部饶有趣味的文学读物。读者在文学阅读的审美愉悦中,可以获取有关戏曲的丰富知识,加深对戏曲艺术的了解。

可以说,《魏三外传》兼具普及与提高的品性,是一部雅俗共赏的读物。这也是育德先生为我们放出的一缕瑰丽的"晚霞"!

《魏三外传》出版之际,以此小序谨表对育德兄和河北教育出版社的祝贺!

王安葵

2022年5月1日

序 二

今春趁年假数日拜读育德教授大作《魏三外传》已感惊喜，溽暑再读，风致粲然，先生盖浪漫人也。魏三赴少华山与大当家对戏一节，武侠而兼戏情，瑰奇艳异得令人神驰！全篇写情则沁人心脾，写景则在人耳目，文字简练洒落而别饶韵致，如第五、第六回写北京戏园子百态活现，而陶然亭的疏淡秋景（天寿堂题匾后），则竟是一段极美散文。

融历史于小说的写法着实不易。有关花雅缘起与争衡过程，戏班文化、规矩与艺人起落，皇权、盐商与搬演触忌问题之内在纠葛，剧作本事、戏谚与文史掌故……皆成了有机的连接。而魏三丈人是王木匠之巧思，也让梳水头、踩跷的发明有了适切的理由。原是复杂板滞的梨园文献，竟在生花妙笔中触处生波起来，真个是把戏曲史给激活了！

魏三豪侠好施，自律谨严，晚年扫除脂粉演贞烈之剧，自开户牖，淘梨园佳子弟。因而育德教授大作将之重塑高华，一改"野狐教主"形象，援据史传，改头换面，新人耳目，描写细入毫芒，点染曲中筋节，厥功匪浅。

外传，其实系另换眼目以观史料。昔有李卓吾而后可以读《拜月》《西厢》，有金人瑞而后可以读《水浒》《三国》，我相信先生的这部《魏三外传》当能为明清梨园笔记小说另辟蹊径、增添异彩。

蔡孟珍

2022年立秋

自 序

　　这本小书是我对清朝乾隆、嘉庆年间戏曲史的一种另类的解读。

　　乾隆、嘉庆年间是中国戏曲史上很重要的一页。在这个历史时期，发生过一系列和戏曲有关的重大事件。比如说《四库全书》的编纂，和由它连带发动的设专局于扬州的全国剧本大审查，比如说"花雅之争"，比如说"徽班进京"等，都是戏曲史上的重大的事件。这段历史时期，有两位杰出的戏曲旦角进京，对戏曲艺术的发展产生了重大的影响。一个是魏长生，一个是高朗亭。他们的事迹也是治戏曲史的学者们津津乐道的话题。

　　所谓"花雅之争"，是一个不大不小的题目。它说的是"雅部"昆曲与"花部"乱弹诸腔，为争取生存与发展的空间而展开的文化市场的竞争。包括剧目内容的正统与"异端"的竞争，也包括艺术上雅致规范与通俗生动的竞争。既表现为昆曲与乱弹之间的竞争，也包括雅部、花部各自内部戏班之间的竞争。雅部、花部之分本来自于扬州。扬州的大盐商江春家里蓄养了一个专唱昆曲的德音班，还有一个演唱诸腔杂调的春台班。这两部家乐都是为了迎接乾隆皇帝下江南而准备的。按这两个家班的声腔风格，把德音班称作"雅部"，把春台班称作"花部"。花部雅部之分并不含褒贬，也不存在斗争，它们属于同一个主人。后来，"花部雅部"的说法传到了北京，便逐渐有了竞争的意思。

乾隆初年，昆曲在北京的舞台上已经失势。北京市井间的观众乐于欣赏的是高腔、秦腔、罗罗腔等。其中以弋腔（也叫高腔、京腔）实力最为强大，曾有"六大名班，九门轮转"的盛况。乾隆四十年代秦腔名旦魏长生进京，刮起了一场秦腔旋风，使京城的戏曲态势发生了巨大变化。为生存计，昆腔班兼演弋腔戏，弋腔班也兼唱秦腔戏，闹得"京秦不分"。清朝皇家是支持昆弋两腔的，因为清宫大戏就是用昆腔和弋腔演唱的。乾隆五十年，清政府竟颁布法令禁演秦腔，但是秦腔是禁不绝的，老百姓有自己的选择。戏曲的命运也不完全是以皇上的意志为转移的。

其实，直到乾隆五十年代，一些真正有见识的戏曲内行，也没把花部雅部看成不可调和的阵营。比如当时在北京的大戏迷吴长元是这样说的："今以弋腔、梆子等曰花部，昆腔曰雅部，使彼此擅长，各不相掩。"（《燕兰小谱·例言》）在纷繁复杂的文化市场竞争中，花雅两部的戏班渐渐产生了一种共识，尝试着把不同声腔的伶人组合在一起，建立一种多声腔的混同性的戏班，以适应观众多样性的胃口，收取雅俗共赏的效果，壮大自己的声势，争取市场的最大份额。

乾隆五十五年，为给皇帝祝寿，以徽商为金主组成了一部多声腔的花雅兼奏的三庆徽班进京。三庆徽班以演唱二簧调为其特色，也兼唱昆腔、吹腔、拨子、京腔、秦腔。这种昆乱杂奏、雅俗共赏的多声腔的戏曲班社大受老百姓的欢迎，三庆班在京都扎下根来。三庆徽班的成功，证明了建立花雅诸腔的命运共同体不仅是必要的，而且是可能的。

三庆徽班之后，四庆、五庆等一些徽班接踵进京，各展风采。长江中游一些兼唱皮黄的汉班也涌进北京。在这个基础上，皮黄腔在北京这个特殊的政治文化环境里，实现了艺术的蜕变，形成了"京戏"。

徽班影响所及，后来在长江流域形成的湘剧、赣剧、婺剧、川剧，以及黄河流域的上党梆子等，都是诸腔兼容，雅俗共存的剧种，各自展现辉煌。

在戏曲艺术的长河中，杰出的艺术家发挥了举足轻重的作用。魏长生进京，推动了梆子腔走向全国；高朗亭领衔三庆班进京，直接推动了京剧的形成。

这本小书所要表达的就是上边这些意思。

我的本业是从事戏曲历史及理论研究与教学。作这本《魏三外传》是尝试着编织一个秦腔名旦魏长生的故事，以此来解说这一段戏曲史，尝试着把这一段历史激活。读者诸君翻看这本小书，把它视作论文也可，因为我的叙说不是没有根据的任意杜撰，为此，我还在文末专门列举了清代以来有关魏长生的若干文献。把它视作小说也可，因为使用的是小说体裁，通篇离不开想象与虚构。究竟这是一篇历史小说而并非正史的人物纪传，所以把它叫作"外传"。

周育德
2021 年中秋

目录

第一回　望京城驱车秦川道　/1

第二回　演《烤火》夜闯少华山　/17

第三回　祭恩师车马下河东　/31

第四回　魏长生初进北京城　/44

第五回　广和楼魏三品曲味　/55

第六回　乱弹班叫座同乐轩　/69

第七回　《卖胭脂》梨园崭头角　/79

第八回　结鸾凰卖艺成都府　/88

第九回　岳父母妙手成绝艺　/103

第十回　魏长生再进北京城　/118

第十一回　演《滚楼》秦腔盖京都　/132

第十二回　魏婉卿济困天寿堂　/149

第十三回　论戏道名旦遇名师　/165

第十四回　和珅府魏三触霉头　/177

第十五回　下扬州名播大江南　/191

第十六回　庆万寿徽班进帝都　/206

第十七回　魏长生三进北京城　/219

第十八回　殒高台魂归蜀道南　/233

参考文献　/244

主要参考书目　/262

第一回　望京城驱车秦川道

大清乾隆三十九年，芒种过后的麦收时节。

清晨，一辆单匹马拉的铁轴轻便轿车驶出西安城东门。车辕后的车沿上，左边坐着的是车把式王老九，右边坐着的是秦腔花旦魏长生。王老九是四十岁上下的关西汉子，身材粗短，紫堂脸，小鼻子小眼儿，相貌平平，属于扔到人堆里捡不出来的那一类。魏长生三十来岁，因在家兄弟排行老三，戏班里叫惯了"三儿"或"魏三"。他头戴一顶大草帽，帽檐下露出一张白皙的俊脸，秀眉星目，高鼻梁，薄嘴唇，男子的潇洒俊朗中又透露出几分女子的柔媚。身穿白衫白裤，手摇一把折扇，俨然一位翩翩佳公子。轿车后边跟着一匹铁青毛大走马，骑在马上的是秦冠镖局的镖头梁老大，五十多岁，黑衫黑裤，一条大辫子盘在头顶，浓眉环眼，蒜头鼻子，厚唇阔嘴，络腮胡子，神态不怒自威。

这是一趟美差。梁老大遵隆盛盐号阎大老爷之命，到京城接三少爷回陕。三少爷左脚天生有残疾，不便骑马，所以套上自家的轿车去专接。一路都是阳关大道，既不载货物，也不押银两，本无什么风险，但是谁能担保道旁山林里会不会冷不丁蹿出伙什么剪径小毛贼来劫道绑票？三少爷是金贵人，是要回乡完婚的，不可有任何闪失，所以阎大老爷特地请了梁镖头押车。梁老大在腰里的布衫下盘上了一条惯用的九截钢鞭，以备不测。一人一马押车，也算是千里走单骑了。

魏长生则是借梁老大的面子，蹭车赶路去京城。

王老九赶上这辆空车，觉得轻松愉快。小小的队伍，信马由缰，车马不急不慢地一路向东。巳牌时分，来到灞桥。

灞河的水缓缓地流，一架长长的木桥横架在河上。河岸栽满了杨柳。桥西头大道的两边，排列着五颜六色的帐篷，罩着茶摊、果摊。路边还有几家茶馆、酒馆、饭馆。自古以来，这里是长安人与东行的亲友分手送别的地方，所以有"灞桥折柳"的风俗。想当初，曹孟德给关云长送行，赠他一领锦袍，关老爷"灞桥挑袍"，大概就是在这个地方吧。

清早在"老马家"美美地咥了一顿羊肉泡馍，此刻还打着饱嗝，口有些渴了。梁老大吆喝一声，车马停下，大家坐在茶摊的小凳上，喝了一杯老陕镖行爱喝的"泾渭茯茶"，之后登车上马，继续赶路。日头晌午，来到临潼县城，人思饭食，马想草料，该打尖了。车马在一家饭铺门前停下，店小二热情地接过梁老大的黑马，拴到店门外的石头雕成的拴马桩上。门前一棵好大的槐树，树旁一条小水沟，沟水缓缓流过，水是从骊山上流下来的，冒着丝丝热气。树荫下摆着饭桌、条凳，打尖的客人都喜欢在这荫凉下就餐。一行三人坐下来，梁老大掏出旱烟袋，喷云吐雾，王老九给两匹马喂草料,魏长生向店小二要了三份肉夹馍,再加三碗油泼面,掏腰包付了五十文钱。这是魏长生和梁老大事先约定的,车可白坐,饭可不能白吃。

就在他们饭食上桌,刚要开吃时,一骑白马从西边跑来。马上是一个白褂黑裤戴草帽的三十岁左右的汉子。汉子瞅见梁老大,滚鞍下马,把他的白马也拴到拴马桩上,忙赶过来和梁老大打招呼。

"梁爷,许久不见,你哪搭去?"

"东路,进京。二当家从西安回?"

"不走镖?"

"单车,空手。坐坐坐,一道吃。"

汉子见到镖头却看不到镖车,似乎有些纳闷。听到二人极为简短的对话,魏三不知这位二当家的来路,看起来和梁老大很熟络。

魏三有眼色,又添加了一碗油泼面,一盘条子肉,一盘炒芹菜,外加半斤西凤酒。汉子也不客气,油泼面嘟噜嘟噜往嘴里吸,条子肉出溜出溜往嘴里送,西凤酒滋溜滋溜往嘴里咂。梁老大夹一筷子芹菜送到汉子的碟子里:

"吃,别光吃肉忘了吃芹菜。临潼的芹菜可是天下有名,是华清池的水浇出来的。你看这水,是从华清池流出来的呢!"

魏三看看脚边水沟,清清的沟水似乎飘浮着一溜白烟儿,想那源头应当是骊山华清池。魏三打趣地说：

"这就是当年杨贵妃洗过澡的温泉水吧？"

"你说是，它就是。三儿，你如今也是肚里揣着几十本戏的角儿了，你可扮过杨贵妃吗？"梁老大来了兴致，抿一口酒问魏三。

"师傅没教，日后试试看。"

"咦？三爷可是吃戏饭的？"白马汉子饶有兴味地端详魏三。

"开口饭，混个饱儿。"魏长生也真的吃饱了，打了一个嗝，还带点儿酒气。

酒足饭饱，继续赶路。这个二当家也骑马跟上，一路同行。

大道向东，轿车碾着车辙，马蹄踏着黄土，这是两千年前秦始皇留下来的关中驰道。李太白走在这路上，曾唱过"大车扬飞尘，亭午暗阡陌。"大道两边是望不到头的待收割的麦田，麦浪滚滚，风是热烘烘的。车上的人、马上的人都汗流浃背，懒得说话。王老九甩了一记响鞭，梁老大打破沉寂：

"三儿，你唱上一段吧，解解闷儿。"

魏长生打了个呵欠，问道：

"行。你说唱哪出？"

还没等梁老大点戏，二当家就发话了：

"《富贵图》，唱《烤火》。烤火是冬天的戏，听着凉快。"

"好，就唱《烤火》。可惜没有胡胡，也没有梆子，就干唱吧。"

魏长生拍了两下巴掌，就算敲了梆子，用小旦腔开口唱起《富贵图》的《烤火》：

最羡他俏庞儿风流俊雅，
终身事一心要托付于他。
上床来和衣卧帐帷不挂，
准备着楚襄王夜游巫峡。

洞房内明晃晃银灯高照，
山寨上响当当更鼓屡敲。
小郎君静悄悄不见来到，
孤衾内冷清清辗转煎熬。

尽管没有二弦子托腔，魏长生也能把少女尹碧莲被山大王劫到少华山，被逼与书生倪俊成婚，山寨冬夜的复杂感情，唱得有滋有味，唱得人心里麻酥酥的。

"美！嫽炸了。"二当家打马和梁老大并行，咬着梁老大的耳朵嘀咕了几句，然后吼一声：

"赤水见！"

白马绝尘而去。梁老大脸色一变,不知如何对魏长生开口。魏长生好奇地问:

"这位爷是做啥营生的?"

"少华山的响马。"

听到"响马"二字,魏长生吃惊不小。他早就听说,江湖上镖行和绺子是通气的。响马就是拦路抢劫的土匪,探哨的发现了结队而行的客商,就放出响箭,隐藏在附近的马队就出来了。客商则依靠保镖的保护,镖行的镖客们有时也和响马对打一番,那是因为没有名号,没人引荐,一旦遇上,非打不可,能者为上。大部分的镖局和响马之间是商量过,有协议的,拦住了也就是双方客气地打个招呼,交上都能接受的买路钱,就完事大吉。看这二当家和梁老大的关系,他们肯定早就熟识,难怪梁老大在轿车上还要插上一面"秦冠"的小镖旗,便于路人识别。江湖水太深,魏长生不便多问,他一路上都听梁老大的,只希望不要碰上绺子才好,可是谁想到竟和绺子一块儿吃了一顿饭。

麦熟一晌,麦田里东西南北的都有人家在抢收。万一下起雷雨,一地的好麦子就糟蹋了。

　　大门的个开着怕呀人的个拦呀,
　　翻过墙头是把妹看,
　　花花点点开呀,

哎呀花花点点开呀,
咱们的事儿怎么办?
哎呀花花点点开呀。
只要是哥哥你呀不的个嫌呀,
哎呀花花点点开呀,
尕妹子愿做你的伴,
花花点点开呀。

一块麦田里响起歌声,一唱众和,那是甘肃的"麦客子"在唱酸曲儿。每年麦收时节,甘肃的穷汉子们就结队东下,帮人家打短工割麦子,凭力气挣工钱。他们追着小麦成熟时间的先后,从黄河下游的山东、河南割起,一路西征,等到甘肃陇上麦子熟了的时候,也就割到老家了。甘肃人会唱"花儿",那曲词儿骚情得很,调调儿也肉麻得很,刚才听到的就是"花儿"《割韭菜》。有人说,村子里的小寡妇们听到这花儿,有的就和麦客子好上了,第二年再听到熟悉的"花儿",熬不住就会跟上相好的麦客子走了。魏长生心想,麦客子再能唱,难道能唱过咱秦腔?咱在台上骚情的功夫远不下于这些汉子呢!

"三儿,你也来一段酸曲儿,和他们比一比。"

"唱就唱,看谁更骚情!"

魏长生来了精神,清了清喉咙,唱起了酸曲儿:

吃一回豆角角抽一回筋,
我跟你好一回伤一回心。
莜麦开花结穗穗,
扎心割肉想妹妹。
桃花泉哎长流水,
打盹瞌睡都能梦见你。

这是陇东庆阳的酸曲儿,麦客子们都听懂了,一阵大笑,停下手中的活儿大喊:

"骚情!"

"三儿,你还真有本事,唱得美!"梁老大夸奖魏长生。

"这算个啥!比台上的骚情可就差远了。"魏长生其实也有几分得意。

午后的太阳毒得很,魏长生和梁老大都躲进了车篷子。梁老大掏出烟袋荷包,装上烟叶。看到这烟叶和烟袋,魏长生一阵心酸,赶忙掏出火镰、火石、火煤子,打着火给梁老大点烟,不知为啥悲从中来。

"梁叔,你是我的恩人啊。"

梁老大"吧嗒吧嗒"吸了几口烟,看看眼前这位刚刚熬出头的戏子,长叹一声:

"咳,年景过得快啊!转眼十八年了。十八年前你魏三还是个屁孩子碎娃。"

"是啊,十八年前我初到西安就遇到了梁叔。"

魏长生不禁回想起十八年前的情景。

那年,十三岁的魏长生跟着舅舅李修福,走过了当年诸葛亮六出祁山所经的蜀道,来到西安。他是到舅舅的烟铺当学徒。大明朝万历年间,烟叶从南洋传入中国,据说这东西能提神增暖,很快就成了一种时髦玩意儿,上至官员,下至士兵,直至广大老百姓,都想抽上几口烟儿。不到百年,烟叶种植遍及南北,关中一带有大量的种植,还有云南烟、绵阳烟、关东烟等名种,吸烟的方法也有了旱烟、水烟、鼻烟等名堂。

魏长生这个四川娃儿跟着商旅进得西安城门,一下子掉进了一个绚丽的新世界,新奇得很呢,真是目不暇接。

西安的城坊非常规整,弄明白方向不需花多大工夫。魏长生几天后就看明白,成十字的东西南北四条大街,把个城圈划成了四瓣儿。东北一大块被一圈城墙围着,这个"城中城"里住的是满人,城门有八旗兵把守。满城外的大街上商铺林立,西大街更加繁荣,整条街上一家挨一家的是肉铺、布铺、纸铺、药铺、油盐铺、杂货铺、扎彩铺等各种商铺,还有饭馆、茶馆和客栈。

李修福的"李记烟铺"坐落在西大街的路南竹笆市口,占尽了地利,是一家旺铺。街对面不远处是陕西巡抚衙门,旁边有绿营兵的营盘。烟铺背后是一条东西大街叫盐店街，那是山西、陕西盐商聚集的地方，街上有山陕会馆。山陕会馆里有关帝庙，关帝庙里有戏楼。盐店街再往南就是陕甘总督衙门了。李记烟铺往西，不远处是都城隍庙，庙门前临街的大牌楼后边也排列着各种商铺。李记烟铺临街是铺面，出售各种烟叶，还有和吸烟相关的旱烟袋、水烟袋、烟锅儿、烟嘴儿、烟荷包、鼻烟壶儿等。

　　自从来了魏三这个小伙计，李记烟铺的生意一下子红火了许多。魏三大名魏长生，不过人们跟着他的舅舅叫他"三儿"。魏三身材矮小，脸蛋儿红白粉嫩，吹弹可破，两道秀眉，一对水汪汪的眼睛，像清晨草叶上的两滴露珠，唇红齿白，说起话来声调绵绵的。要不是额头脑门子剃光梳了辫子，还真像个小女娃呢。魏三在老家四川金堂读过两年私塾，认识了不少字，还学会了打算盘，所以一到舅舅的烟铺，很快就能站上柜台。没过几天，魏三又露出唱收唱付的过人本领。

　　当年商店卖货，过秤、计价、收银、找零钱等整个交易过程，店伙计都是要拉着韵儿，拖着腔儿，一句一句地"唱"出来，让顾客听得明白，听得高兴，这就叫"唱收唱付"。魏三的唱收唱付是与众不同的，他的嗓门儿细脆清亮，活像戏班的小旦，他唱的腔调很像西安的乱弹，可又不是一样的味儿，这是从老家四川的弹戏班子学来的。好多的秦腔乱弹班子曾跟着陕西商人的脚步，跋涉蜀道进川谋生，有的在四川落了户。他们唱的乱弹梆子腔，渐渐地带上了麻辣味儿，当地人叫它"盖板子"，也叫"弹戏"。魏三爱听戏，记性又好，听一遍就能记住。别的碎娃看戏，只喜欢看台上的耍枪弄棒和大花脸。魏三却特别爱听旦角的腔，自己也捏着嗓子学唱，天长日久也就记住了不少。他学的这一口盖板子腔，用到了烟铺的唱收唱付上，一下子就大放光彩。

到李记烟铺买烟的顾客一天比一天多，有的人不买烟也要到铺子门口站一站，转一转，不是因为李记的烟叶特别好，而是为了来瞅一瞅这个小伙计的俊俏脸蛋儿，听一听小伙计的一口唱收唱付。盐店街秦冠镖局的镖头梁老大就是常来听唱的主顾，他有事没事常到李记烟铺转转，渐渐也就熟悉了起来。魏三有闲空的时候，也常到盐店街的山陕会馆关帝庙听戏，顺便到镖局转转。梁老大喜欢这个小娃儿，教他玩玩镖客练武的刀剑枪棒和石锁石担，还教他几下子插眼、锁喉、踢裆、跺脚、薅头发等用来防身的一招制敌的真功夫。

李记烟铺还有一个常来的顾客，是绿营兵的采买王大锤子。他之所以有这样一个诨号，是因为裤裆里兜着的那个物件太大，又太不老实。绿营兵的小头目们多爱到西安的花街柳巷去胡逛，王大锤子的性取向却不正常，他专门找俊俏的男娃子消遣，世人把这叫恋童癖。左近油盐店的小伙计狗娃就是为了几个铜钱，上了王大锤子的当，吃了大亏。魏三也有所耳闻，心里明白那是怎么一回骚事。小伙计们见了这个王大锤子，就像见到瘟神，尽量躲避。有一天中午，王大锤子喝得半醉，来到李记烟铺，见店里无别人，只有魏三在站柜台，他伸手就捏了一下魏三俊俏的脸蛋儿，淫腔浪调地挑逗：

"跟爷玩玩儿，爷赏你钱。"

说着就要动手掀那块柜台的搭板往里屋闯。魏三二话没说，下意识地端起盛满烟末儿的柳条笸箩，朝着王大锤子的脸泼去。辛辣的烟末子迷得大锤子睁不开眼，嘴里骂着，顺手摸到秤杆子就要抽打魏三。魏三手疾眼快，捞起铁秤砣往大锤子的腮帮子上就是一记横扫。王大锤子挨了打，捂着脸，揉着眼，哇哇乱叫。魏三抽身逃进里屋，穿过后门，窜到盐店街，躲进了秦冠镖局。

"梁叔救我！"魏三一头扎进梁老大住的厢房。

梁老大问明情由，安抚魏三：

"别慌，你听我的。看来烟铺你是回不去了，王大锤子绝对不会善罢甘休。这样吧，明天同盛戏班要回同州，让他们夹带你出西安。你在戏班里先混混，说不定你还能跟上他们吃戏饭呢。你可愿意？"

魏三是一百个愿意，一千个愿意。梁老大嘱咐魏三藏在屋里不可吭声，等到天黑带他去见同盛班班主"万人迷"黄三。

梁老大出门，绕到西大街李记烟铺。王大锤子左边腮帮子挨了魏三的秤砣，肿得老高，正在噼里啪啦地打砸店里的东西发威泄愤呢！魏三的舅舅掌柜李修福不知就里，一股劲儿地给大锤子作揖磕头。大锤子掀翻了柜台，捣碎了一笸箩一笸箩的烟叶，还没忘记顺手捞了几个值钱的玉石烟袋嘴儿。嘴里大骂：

"好狗日的魏三，胆敢打你爷爷我！"

梁老大见状故作惊讶：

"呵？还有这种事？魏三怎敢打您王大爷？他是吃了熊心豹子胆了吧？王大爷消消气，您告诉我是怎么回事，让我替您揍死这个小兔崽子。"

王大锤子挨打的缘由怎能说得出口？只能喘着大气骂粗口。

"时候不早了，王爷也该回营用晚饭了吧？您回去歇歇。跑得了和尚跑不了庙，魏三那小子总要回来的，他在外边没处吃没处睡。"

王大锤子也知道一时等不来魏三，一阵打砸也真的累了，发了个狠话：

"等着，明天非卸掉他一条腿不可！"摸摸肿脸，愤愤然回营去了。

梁老大回到镖局，等到天黑，带着魏长生去见同盛班班主"万人迷"黄三。

"黄爷，我给您送来一件宝贝。"他把魏长生扯到跟前，

"快给黄爷磕头。"

魏长生跪倒在黄三面前,梁老大对黄三拱手:

"三爷,这孩子魏长生天生就是吃戏饭的料。四川金堂人,老实,厚道,机灵,有眼色,更难得的有扮相,有嗓子。三爷如果看得上,明早就跟您走。"

万人迷端详了魏长生俊秀的脸庞,又叫他喊两嗓子。魏长生大方地"噫——啊——"两声,顺口还唱了两句盖板子。万人迷顿生喜色,心里认定这孩子真可能是块宝贝。

梁老大拍拍胸脯:

"我做保人,您就收下他吧。给碗饭吃,让他好好伺候您。"

黄三和梁老大是老相识了,捡个穷孩子跟班学艺,是江湖戏班常有的事。就这样,魏长生成了梆子名旦万人迷的徒弟,当天晚上就睡在戏班里。第二天清早,刚开城门,魏长生混在同盛班的车马队伍里,踏上了梨园戏子之路。

同样是麦收时节,车马走在同一条大路上,魏长生回忆着当年的情景。

"梁叔,我魏三今天有这碗饭吃,全靠梁叔帮忙。恩人哪!"

梁老大磕磕烟袋锅儿,揉揉烟荷包,笑笑:

"缘分,咱们是烟叶的缘分哪!谁让我在烟铺见到你这孩子呢！"

两人一路上聊着天，车马一溜小跑，过了两个驿站，不觉已是夕阳西下。

"该宿店了。前边到达赤水驿，今晚就住在这里。"

梁老大教王老九把车赶进连升客栈，他是这家客栈的老主顾。梁老大赶到赤水驿宿店，还有一个心思，女店主寡妇"小白鞋"是他的老相好。

卸车，喂马，安顿妥当，摆桌子看茶，等候晚饭。门外忽然传来一阵马蹄响，是那位二当家到了，还带着一匹空马。二当家往院里瞅瞅，瞅见梁老大，非常高兴：

"梁爷果然在这里。"

他把梁老大招呼到门外，两人窃窃私语，梁老大面有不悦和无奈之色，转而听到二当家大声发话：

"放心，决不让你为难。"

梁老大把魏长生叫到门外：

"三儿，今天叔要麻烦你跟二当家走一趟。"

魏长生大吃一惊，怎么？要跟绺子走？

二当家拍拍魏长生的肩头：

"放心，就是大当家请你去山上唱唱戏。明天我亲自送你回来，还给你揣上大银子。"

梁老大很无奈，他单鞭独骑惹不得响马，只好劝魏长生：

"去吧，三儿，你不是个有钱的财神，不会有风险。今后你还要在这条大路上来往呢!大当家是个戏迷,你好好地给大当家唱上几段。叔在这里等你,一准等你。"

"君子一言为定,明天送你回来。上马吧!"

未等魏长生答应,二当家双手一抄,就把魏长生举上了马鞍子,自己也认镫上马,牵过了魏长生的缰绳。二当家对梁老大一抱拳:

"梁爷,明天见。"

两马并辔往少华山驰去。

第二回　演《烤火》夜闯少华山

魏长生骑在马上，心中惴惴不安。

这是要进土匪窝啊！闯江湖的戏子不是有钱的主儿，一个赤条条的汉子，身上揣不上几个铜子儿，劫财当然是不怕的。劫色？虽然是唱旦角的，但毕竟是三十来岁的大男人，也不至于惹起山大王的骚情。二当家看来似乎也不像个恶人，他说"君子一言为定"，难道山大王真是个君子吗？明天他真的会放人下山？要是不让下山，岂不就是要落草为寇了？反正跑是跑不了的了，只能跟上走，凭运气吧！

唱戏少不了有骑马的关目，可是戏台子上的骑马那是假做的，只是舞动一根马鞭子，表演一下骑马的意思。真马魏三也曾骑过，可是此刻情景不同，这可是真的要骑马去闯龙潭虎穴了。他脑子里浮现出戏台上表演的那些闯山、拜山、排座次、砍脑壳的情景，心里扑腾扑腾的，他没话找话地想跟二当家攀谈几句。

"二当家的，我饿了。"魏长生看到一家饭馆说。

"不要说话，山上吃。"

二当家警告，他抓紧魏长生的马缰，魏长生当然不敢再吭声。不大工夫，两匹马驰出赤水驿，渐近少华山口。魏长生还是忍不住开口问道：

"二当家，你这是带我往哪里去？山寨还有多远？"

"别问！跟上走。"

"大当家真的只是要我唱唱戏？"

"别怕，大当家就是要过戏瘾，这也是我的主意。谁让你唱得那么好！"

听起来二当家很得意。魏长生真后悔路上碰到了这个绿林角色，更后悔自己当时唱得那么用心，竟把他给迷住了。

马蹄嘚嘚，进入少华山口。二当家吆喝住马，从衣兜里掏出一块黑布条：

"兄弟，对不住了，得给你蒙上眼窝，这是生人进山的规矩。"

魏长生只好服从，任他把眼睛蒙住，眼前一片漆黑。

"手就不给你捆了，你要老实，牢牢地抓住马鞍子。"

魏长生答应，抓住马鞍，颠簸摇晃着踏上了山路。约莫进山五六里，有喽啰查哨，见是二当家回寨，客气地让路。此时天已黑下来了，即便不蒙眼睛，一个生人也辨不清东西南北了。二当家给魏长生卸去了眼罩，吩咐：

"你只管跟上走，不要下马，也不要东看西瞧，小心掉下山涧。"

山路狭窄，马匹不能并行了。二当家叫魏长生的马走在前边，自己随后跟进。老马识途，不用人鞭策，借着星光前行。魏长生提心吊胆地往四下偷瞧,只见山道右侧是乌黑的松林,松涛呼啸,惊心动魄,左侧是深沟,黑魆魆不见底,摔下去肯定粉身碎骨。又过了两道关卡,来到了少华山的大寨,这是一栋很大的房子,灯火通明。大当家"盖秦川"正在和几位头领闲话,二当家大声禀告:

"客人到!"

盖秦川欠欠身,抬眼观看魏长生,拊掌赞叹:

"美啊!果然貌似潘安。坐,坐。"

魏长生哪敢就座,心里嘀咕,他说"貌似潘安",该不是又碰上了一个王大锤子?心里七上八下。盖秦川招呼后堂:

"上饭,上酒。"

魏长生来到赤水驿,还没吃晚饭呢,着实饿了,但心里忐忑,不敢落座。

"魏兄弟莫要担心,洒家请你进寨,就是一道儿耍耍,明天送你下山。"

魏长生和二当家坐下来。小喽啰给大当家和魏长生各斟一杯酒。魏长生起身谢过,说:

"小的靠嗓子吃饭,不敢饮酒。"

"也好也好,不喝就不喝。"大当家也不勉强劝酒。

魏长生不辨细味地啃了一只鸡腿,吃了两个大包子,连声道谢。

盖秦川见魏长生已经吃饱,吩咐二当家:

"今天一路辛苦了,带魏兄弟客房安歇,明天再干正事。"

原来这少华山寨还有客房呢!魏长生进得客房,只见一张床,一条被子,一张白木桌子,一盏油灯,一把椅子,一个洗脸盆,还有一把夜壶。魏长生想,这不就是《富贵图》里尹碧莲和倪俊烤火达旦的那一间"洞房"吗!他躺在床上,不敢入睡。直到三更时分,并不见盖秦川来骚扰,看来他真不是王大锤子之流。如果明天就是只要他唱戏,那就唱《富贵图》吧。想着想着,他惴惴不安地进入了梦乡。

鸡叫三遍,窗纸发白,天要亮了。魏长生赶快起床,梳洗干净。小喽啰送来早饭,是炸油饼、小米粥、辣子拌胡萝卜丝,正合魏长生的胃口。魏长生吃罢,等候盖秦川的吩咐。

巳牌时分,盖秦川传话老少爷们到聚义堂听戏。聚义堂就是昨夜吃饭的大厅,盖秦川在中间坐定,两旁就座的是几位头领。二当家引魏长生进门,盖秦川让他坐到下首,起身环视各位头领,言道:

"诸位弟兄,今天邀魏兄弟上山,跟诸位乐和乐和。爷我没有别的爱好,不嫖不赌,就是爱听个梆子戏。可是上山聚义以来,就不能痛快看戏了。想赶个庙会吧,还得偷偷摸摸,混到人群里不能高声。今天请魏兄弟到来,大家就玩个痛快。魏兄弟可是个角儿。角儿,懂吗?"他问魏长生:

"魏兄弟,你看在这里可能唱一出啥?"

"梆子戏'江湖十八本',任凭大王吩咐。"

"我看就唱《富贵图》吧,这本新戏可能还没进十八本。三月三华州西岳庙大会,头一天昆班演新戏《雷峰塔》,实在提不起精神。二天乱弹班演新戏《富贵图》,那才叫过瘾!魏兄弟,你可会唱《富贵图》?"

"《富贵图》虽是梆子新戏,小子也唱过。"

"戏里最好看的是《烤火》《落店》,正好说的是咱少华山的故事,你就唱这两出。"

"大王说的是,就唱这两出。可是没有丝竹场面,没有梆子,没有胡胡,只能干唱了。"

"干唱就干唱,因陋就简吧。弟兄们,听我把戏文故事先说说。"

山大王盖秦川显然是个看戏的主儿,他能简明扼要地讲述大戏《富贵图》的故事大意——河南新野人袁龙和秀才倪俊是好朋友,因为得罪了贪赃枉法的县官臧昂,双双入狱。袁龙越狱逃跑,到少华山占山为王。清官巡按到新野清查案卷,倪俊获救。臧昂强娶美女尹碧莲,碧莲不从,全家逃往长安。经过少华山,袁龙把尹碧莲掳上山寨。倪俊往长安赶考,也路过少华山,被袁龙请上山来叙旧。袁龙做主,强把尹碧莲给倪俊为妻。倪俊不答应,袁龙威胁说既然倪俊不接受尹碧莲,那就把尹碧莲杀掉。为了搭救这弱女子,倪俊权且应承。洞房之夜,一床,一帐,一火盆,一对男女怎么办?尹碧莲倒是看上了这位俊雅的倪俊,甘心给他做老婆。

倪俊是个正人君子,谨遵母亲和未婚妻的嘱咐,未得功名之前绝不成婚,一路上也不许寻花问柳,所以坚决不肯上床。他们整夜烤火,熬到了天亮。袁龙送倪俊夫妻下山,这对假夫妻在路上结拜为义兄妹。后来倪俊中了探花,回家娶了两个老婆,一个是傅金莲,一个是尹碧莲,所以《富贵图》也叫《双莲配》。

"好戏好戏!大哥,你说了半天,这'富贵图'又是咋回事?咋又出来一个傅金莲?"二当家没听明白。

"是这样子——傅金莲是倪俊的未婚妻。倪俊家穷,进京赶考缺少盘缠,傅金莲偷偷地送他银两、金镯,还有自己绣的一幅孔雀戏牡丹的《富贵图》,说是如果落难的时候,卖掉这幅绣图,也是能换些钱的,好女子啊!倪俊和尹碧莲下山,在赤水驿见到了尹家逃难至此的婢女和仆人。倪俊让他们陪同尹碧莲回河南新野,投靠倪母。临行时把《富贵图》送给尹碧莲,作为和倪母相见时的凭证。尹碧莲到了倪家,见了倪俊的母亲,认了干娘,住下来等着倪俊回来。两个好女子都等着倪俊呢!"

"倪俊这娃好福气!大哥,戏太长,咱就听烤火的那一段,我在路上听过的,嫽得太!"二当家说。

"好,就唱《烤火》。"

"可是《烤火》一出是两个人的戏,我一个人咋唱呢?"魏三有些为难。没想到盖秦川发话了:

"魏兄弟不必为难，我来当倪俊。不就是烤火吗？我见过人家做的。我坐到椅子上，该我说话时，你来开口，该我开唱时，你来张嘴，咱俩配合唱双簧不就成了吗？梆子、行弦、牌子曲，让我拿嘴哼哼，行吧？"

看来盖秦川肚里的玩意儿还真不少，他是真的要大过戏瘾了。《烤火》就这么开场了。

盖秦川用嘴哼唱了一段过门之后，倪俊自述家境：

上无兄下无弟父亡母寡，
有荆妻也算得聪明贤达。
只有些破房屋地址不大，
家贫穷全靠着纺织绩麻。

词儿是魏长生嘴里唱出来的，盖秦川只需张张嘴巴假唱，手比画比画就行了。

演到该上床睡觉了。倪俊叫尹碧莲进帐上床，自己就着火盆烤火。此时的尹碧莲心里已经爱上了倪俊，希望能托付终身。尹碧莲上床前有脱帔、叠帔的美妙的身段表演，大厅现场没有戏服，也只能徒手比画。盖秦川给他哼着丝弦牌子曲【风摆柳】【粉红莲】，那意思倒也比画出来了。

尹碧莲上床，盼望倪俊能跟进。尹碧莲唱：

最羡他俏庞儿风流俊雅，
终身事一心要托付于他。
上床来和衣卧帐帷不挂，
准备着楚襄王夜游巫峡。

倪俊岂能不动心？生理正常的男人自然的情欲和理智伦理发生了交锋。他唱道：

细看她娇滴滴花容月貌，
猿马性却有些拴系不牢。
欲待要与娘子鸾凤颠倒，
且慢！
慈母训怎能够一旦皆抛？

戏词儿是魏长生躲在帐子里代他唱的，盖秦川把倪俊心理矛盾，抬脚欲迈进一步，又突然收住脚步，做得很到位。君子倪俊咬咬牙决定不可上床，只有继续烤火。

三更鼓响，尹碧莲不能入睡，她下得床来，抒发情怀：

洞房内明晃晃银灯高照，
山寨上响当当更鼓屡敲。
小郎君静悄悄不见来到，

孤衾内冷静静辗转煎熬。

这戏词儿当然是魏长生唱的。魏长生唱得太动情动听了,盖秦川拊掌想喝彩,可是一想自己是在静静地烤火呢,戏中人哪能给尹碧莲叫好,只好又把手伸向火盆。

四更鼓响,倪俊仍不肯进帐子上床钻被窝,他的表现很令尹碧莲失望。尹碧莲对倪俊的不解风情有些抱怨,她唱道:

奴与他入洞房心花怒放,
他那个老道学不睬奴家。
我本是娇滴滴美玉无瑕,
休猜做寻常的路柳墙花。

尹碧莲越睡越冷,无法安眠,只好起身,再次从帐子里出来。她撩开床帐,嘴里不由得倒吸一口冷气,手紧紧抱住胳膊往前走几步,呵呵手,不管用,还是冷。她耸耸肩,把手夹到腋下取暖,依旧冷得受不了。她在屋里来回转,眼神一定,想看看天亮了没有,伸手打开窗户,一阵寒风吹进,她浑身一激灵,赶快把窗关上。魏长生把一个寒冷的山寨小屋里的情景表演得逼真活像,使人如临其境。

山风呼啸,窗棂纸响,一个火盆烤不暖小屋。尹碧莲见倪俊烤着火打瞌睡,怕他受凉冻坏,就把自己脱下来的帔盖在倪俊身上。倪俊感受到暖和，伸手一摸，发现是尹碧莲的衣服，心里感动，但还是把衣服裹作一团，扔回床上。

接下来就是面对唯一的可以取暖的火盆，两人烤火、让火和争火。魏长生的表演十分精彩：尹碧莲看到倪俊身边的火盆，连忙过去烤火；她先烤手，紧张的身体渐渐放松，脸上不由得露出惬意的笑容；手臂上有些热了，就将脸凑近火盆，却被火嘘了眼，便离得远些；脸烤热了，再把耳朵凑上去。这些表演让人真实地感受到尹碧莲浑身如何由冷变热。

盖秦川的配合也天衣无缝，他除了做哑剧的身段，嘴里还一直念叨着身段曲牌【南瓜蔓】，足见他是个真有修养的戏迷。

一对孤男寡女经受住了干柴烈火般的人性考验，终于熬到了天亮。倪俊心情好像得到了解放，他唱：

休怪我今夜晚装聋卖哑，
为行权无奈间男女混杂。
我与她原来是临风牛马，
到明天下山去各奔天涯。

戏词当然还是魏长生代唱的，盖秦川只是动嘴假唱。尹碧莲是彻底地认识了倪俊，感到一点遗憾，她叹道：

这几句才是你真心实话，
昔日里柳下惠未必如他。
我奴家这才是命薄福寡，
一双手不住地常把泪擦。

一出《烤火》唱完了，魏长生和盖秦川都累得够够的。盖秦川得到了极大的满足，大呼：

"痛快！痛快！弟兄儿郎们，觉得爷我的本领如何？"

"嫽炸了！"众头领当然赞不绝口。

盖秦川吩咐：

"宴席摆上！"

一番推杯换盏，盖秦川高呼：

"赏银，赏银！"

二当家到后房取来红布包裹的两锭椭圆形的十两大银。盖秦川给魏长生送上：

"魏兄弟笑纳，今天你让我过了几十年的戏瘾，一点小意思。我累了，下一出《落店》就不陪你唱了，酒饭后让二当家送你下山。"

魏长生心喜，这山大王果然豪爽义气，言而有信。他接过银两，道了谢，说是梁老大在赤水驿等着呢。二当家早已备好马匹，盖秦川两手一抱拳：

"兄弟，日后只要爷我还活着，你随时可以进山，不用我请你了。"

魏长生给盖秦川磕头告别，认镫上马，和二当家缓辔而行。不知为何，二当家这回没给魏长生戴眼罩。白天看这山路，果然险峻无比：悬崖绝壁，深沟高堑，山头万松林立，脚下涧水轰鸣。再看那十里坪、五里关，都是一夫当关万夫莫开的险要关隘。山下的官军若来攻山，肯定无法展开人马，很难奏效。

和二当家有些熟了，话也就多起来。魏长生从二当家口里得知，盖秦川本名李广德，潼关人氏，本来也是读过书的富家子弟，平日里喜欢习练拳脚弓马。五年前，因为率众抗粮，失手打死了县衙门的四老爷，逃到这少华山上落草，被众人推为寨主，取绰号"盖秦川"。五年来聚集豪杰，也有了百十号人马。山里原先有三五十户人家，或打猎，或垦田，见这盖秦川并不扰民，渐渐安下心来。他们不必给官府纳粮当差，倒成了法外之民。

这盖秦川既然为匪，也少不了要到山下，瞅准了商队收取"过路费"。粮食吃完了，也要选择富户，打家劫舍。

盖秦川从小喜爱听戏，尤其喜欢梆子戏。听到哪里有庙会，就化装下山，一饱眼福。三月三到华州西岳庙看了《富贵图》，回来赞不绝口，所以二当家在路上听到魏三会唱戏，就心生一计，和梁老大说好，把魏长生请上山来。

一路叙话，不觉来到赤水驿。梁老大从相好"小白鞋"

家回来,在连升店已等了有一个时辰,看到二当家送魏长生平安归来,心里才放踏实了,连忙请二当家上座,询问魏长生上山情况。二当家说:

"大当家十分满意,答应今后魏三爷可以随时上山,可是必须带上拉弦子的。是吧?三爷。"魏长生点头,心想上山一趟自己也成了"爷"了,这就是江湖。他不忘添上一句:

"见了秦冠镖局的车,也请山上诸位好汉多多关照。"

二当家笑答:

"当然,当然。"

梁老大请二当家同用晚饭,二当家说:

"不敢耽搁,还要回山给大当家回话呢,后会有期。"

说罢告辞上马,一溜烟儿奔少华山而去。梁老大问魏长生:

"怎么样?吃惊不小吧?盖秦川没难为你?"

"有梁爷罩着,盖秦川十分客气,只陪他唱了一出《烤火》就送我下山了,还送了我两锭银子。"

魏长生把银子交给梁老大,说:

"这两锭银子给梁叔,算我进京一路的饭钱。以后梁叔做主,咱们吃得好些。"

梁老大也不客气,收下银子,说:

"我暂时给你保管。"

魏长生给梁老大鞠一大躬:

"梁叔,求你再别给我安排这样的好差事了。"

"那可说不定。"梁老大一笑,把银子摺了一个高儿,接住揣进了衣兜。

第三回　祭恩师车马下河东

　　第二天中午，车马到达同州。

　　同州是魏长生跟万人迷学戏的地方。万人迷五年前已经谢世，魏长生提出要去给师父上坟，梁老大也想到老朋友坟上祭奠，车马就到同盛班的原驻地南大街，找客栈住下。

　　万人迷去世后，同盛班也就散伙了。万人迷的儿子天生不是唱戏的料，又爱赌博。老爹一死，没人管束，更加撒开手地赌，彻底撑不住局面，就变卖了院子，变卖了戏装，偿还了赌债，一辆马车载着老娘回蒲城乡下老家去了。戏班的生旦净丑，打梆子的，拉弦子的，勒头化妆的，打杂检场的，没有了主脑，都各奔东西自谋生路。同盛班散伙了，魏长生也只好四处流荡搭班唱戏了。

　　魏长生看着已经易主的院子，不胜感慨，忍不住掉下了眼泪。他买了香烛纸马，就和梁老大一同来到万人迷的坟上。这是同州城外的一块义地乱坟岗，是孤魂野鬼最后的安身之处。按黄家的族规，已经沦为贱民"下九流"的戏子，死后是不得进祖坟的，万人迷也只好埋在了这义地里。

　　摆上供品，点燃蜡烛，燃着信香，魏长生对着万人迷的坟头跪拜磕头，梁老大也三鞠躬。纸钱燃起，灰蝶翻飞，魏长生悲从中来，他想起了师父。

那年他匆匆逃出西安，跟着同盛班来到了同州。按照戏班的规矩，入班学艺，必须先立下文书，也就是写下一纸卖身契。魏长生投奔万人迷事出突然，匆忙上路，没来得及先立文书，但是回到了同州还是必须补办。文书上写明：

> 立文书人魏长生自愿投身同盛班学艺，三年为期，中途不得逃走与退出。学艺期间，生死由命，山高水低与班主无涉。出台之日起，帮班主做事三年，所有收入任凭班主分配。特此立约，交班主黄三收执。

魏长生是会写字的，当场就署上了名字，按下了手印，于是成了万人迷正式的徒弟，成了正式的梨园子弟。

万人迷对这个从天上掉下来的徒弟很是满意，因为魏长生太有眼色，太勤快，也太聪明。按戏班的常规，他给师父家劈柴、担水、洗衣服、抱孩子、倒尿盆，样样杂务做得麻利，不需师父师娘吩咐。当时魏长生已经十三岁，不是小童了，练功比较困难，但他能吃苦，踢腿下腰、跑圆场、劈叉、打虎跳、摔抢背、打把子，整得累累伤痛，魏长生都能忍受，所以万人迷手里的小棍儿很少敲到魏长生的身上。初次见面，万人迷就看中了他的小嗓儿，打算要他学旦角。祖师爷也真的赏饭，魏长生过了十五岁居然没"倒仓"，嗓音儿反而越喊越亮，越唱越甜。他把旦角的手眼身法步都练熟了，戏也就一点一点学起来。万人迷收到了好徒弟，心里高兴，就把身上的玩意儿一点一滴教他。机灵的魏长生，一点就透，一学就会。他的记性出奇的好，大本的戏词儿，听两遍就能记住。

魏长生的主意大得很，为了多积攒本钱，他没少在前台后台"偷"师哥们的彩头，默默地记在心里。魏长生还有一个戏班里别人不可及的长处——他识字，能读戏本和说部，还能临场凑词儿。他能记住许多唱腔板式、曲牌和表演身段，而且能记住梆子戏和说书艺人积累的许多"戏串"，就是现成的唱词——一部书或一出戏总有那么一些"套子""条子""赞子"，比如公子赞小姐，小姐赞公子，母亲训女，父亲训子，怨女思夫，表家园，表游赏，叹离别，叹无后，叹贫穷，叹孤单，说梳妆，说莲步，说刺绣，说嫁妆，颂忠良，骂奸臣，以至登殿、观阵、点兵、夸将等等情景，都有现成的唱词，只要有一个故事提纲大概，有个"戏胆"，弄清人物的身份、地位、性格、关系，就能根据情景把这些"戏串"填到角色的口中，唱出来大致不差。即使临时和陌生的艺人对口合作，也能"蹚水过河"。这是伶人搭班、跳班、跑码头、闯江湖吃饭谋生的本钱。

三年下来，魏长生的身上和肚里，从小旦戏到正旦戏，甚至老旦戏、彩婆子戏,小戏大戏攒下了几十本。万人迷心里惊叹这小子不是凡人,简直是被神人洗过髓的仙体。魏长生在同盛班从打杂,到站边,一步一步走到了戏台中间。三年过后,按照契约,魏长生还要帮唱三年。又熬过三年,魏长生就决定继续落脚同盛班,而且成了同盛班的台柱,万人迷一天都离不开他了。万人迷出台,总是要魏长生傍唱配角。魏长生也单独挑梁,主演大戏。

谁知天有不测风云,人有旦夕祸福。五年前,五月十三,"关老爷磨刀"的日子,同盛班在山西平阳赶尧庙的庙会,万人迷突然就病倒了。当时头晕目眩,四肢瘫软,针药无效,送回了同州,未出七日就告别了人间。临死前,万人迷回光返照,把魏长生叫到跟前,流泪说道:

"长生,师傅怕是不行了,祖师爷就要把我收走了。你是为师这辈子最好的徒弟,你已经有了吃饭的本事,祖师爷又偏心宠爱你。为师去后,这个班子恐怕拴缠不久,你师哥不是看家的料。你是条小龙啊,同州这池子水浅浅的,养不了你这条龙。你走吧,过河东,走太行,出潼关,进京城,或者回你的老家,都有你的饭吃。走吧……"

万人迷闭上了眼,撒手人寰。

魏长生沉浸在回忆中,坟前忽然刮起一阵小旋风,纸灰随风旋转着,旋转着,渐渐消失在东方。魏长生说:

"这是师父指引我继续往东去啊!"

五年前，魏长生埋葬了万人迷之后，并没有往东走，他先去了西安。当年魏长生在西安闯祸之后，他舅舅提心吊胆关闭了"李记烟铺"，回四川去了。乾隆爷西征，王大锤子随绿营兵上路，死在了玉门关外。秦冠镖局的生意却依旧兴隆，梁老大依然是镖头。

魏长生到东大街骡马市的庄王庙挂了个单，在秦腔伶人的大下处住下。

天下的五行八作都有自己的祖师爷。木匠的祖师爷是鲁班爷，铁匠的祖师爷是太上老君，饼店的祖师爷是汉宣帝。唱戏的祖师爷叫老郎神，但是不同的戏班供奉的"老郎"不是同一个神。昆班的老郎先是二郎神后是唐明皇，弋腔班的老郎是田窦元帅，秦腔班的老郎是"西秦王爷"唐庄宗。因为后唐庄宗李存勖，是天下第一号的戏迷，秦腔班的后台神龛里端坐的就是这位庄王爷。乾隆年间，起源于秦地的乱弹戏大盛。当时这种不见经传的乱弹戏，还没有统一的名号。有的叫它"西曲"，有的叫它"西调"，有的叫它"梆子"，有的叫它"琴腔""秦腔""西秦腔"，后来笼而统之都叫"乱弹"。乱弹，也写作"乱谈"，分明是含有贬义。陕西的乱弹伶人在庄王庙建立了同业行会，还在庄王庙的旁边给乱弹伶人设立了居处，浪荡江湖的乱弹艺人便有了可以栖身的大炕。

魏长生在庄王庙挂了牌，在庄王庙安了身，就可以在西安搭乱弹班唱戏了。当时，在西安城唱梆子戏出名的旦角，有祥麟、三寿、银花、小惠、宝儿、喜儿、琐儿等,他们不仅在庙会唱得响,而且出入达官贵人之家。从同州府撂单过来的这个籍籍无名的魏长生,没法和他们比肩。

盐店街的关帝庙,倒是常常有西安的秦腔班驻场做戏,魏长生尝试搭班唱了《樊梨花抱枕头》等几出戏,觉得不太舒服。西安人喜欢的乱弹,比起东府同州流行的梆子显得要绵软得多,尤其是旦角的唱,绵绵的,黏黏的,听起来让人心里麻酥酥的。魏长生想,自己从万人迷那里学来的功夫,在西安的秦腔班里要真正做到乳水交融,还要磨合一阵子。他只能站在祥麟、小惠等人的旁边,演演配角,充当"二路"。戏班里也是争饭吃,几年下来魏长生没争到几场挑梁担纲的戏。这使得当年同盛班的台柱心中非常苦恼。俗话说,"宁为鸡口,不为牛后",魏长生不想跟在别人屁股后头混日子,他要走自己的路。听说京城梨园已经改观,伶人唱戏不再只登庙台、赶堂会,而是天天进戏庄茶园了。那是一年四季不分阴晴寒暑,每天都开门迎客的唱戏的地方,魏长生很想去看看。师父万人迷本来是想一路演唱,最终落脚京城的,可惜半路发病,赍志长逝,魏长生决心走师父没走完的路。

得知梁老大要到北京接隆盛盐号阎三少爷回西安,他就和梁老大商定,搭他的车一路同行进京了。他到庄王庙给庄王爷上了三炷香,磕了三个响头,祷告庄王爷保佑心想事成,一路顺遂,然后就加入了梁老大的车马队。

祭奠过万人迷，魏长生和梁老大回大荔城吃饭，王老九已经等候在"同州春"饭馆门口。同州人是很会吃的，老九也是个吃货，凭着经验叫了一桌同州菜，凉的有油炸豆腐丝、乳瓜蘸酱、凉皮，热的有带把肘子、蜜汁辘轳、酸辣肚丝，冷热各三样，求个六六大顺。魏长生在同州学艺三年，帮唱三年，又跟着同盛班冲州撞府，却从来没品尝过这样全桌丰盛的美味。

晚上在同州宿店，第二天到朝邑过河。

朝邑城繁华的街面只有一条东西大街，走出街东头，不远就是黄河。赵渡旁有大庆关，是历史上著名的蒲坂渡口。朝黄河的东岸望过去，对岸是山西蒲州永济的蒲津渡。大庆关渡口和蒲津渡的河边，各有四尊万斤重的大铁牛，深深地埋在地下，这是唐朝人铸造的。每一尊铁牛都系着两条铁索，铁索压在整齐排列的几百艘木船上，铺上木板，搭成了一座稳稳当当的浮桥，把两岸联结在一起。从春秋时代，这里就是秦晋咽喉，兵家必争之地。明朝末年，李自成大军在朝邑集结练兵，把梆子戏选为军戏。同州的梆子班在大庆关的戏台上，演出过大戏《破宁国》《反五关》等，狠狠地闹腾了七八天。

魏长生一行来到渡口，车马同时上了浮桥，慢慢前行。脚下黄河浑浊的黄水缓缓地南流，桥面微微地颤动，不到半个时辰，已到对岸的蒲津渡。上岸奔东走，很快地来到普救寺,这是《西厢记》故事发生的地方。寺庙香火旺盛,善男信女除了礼佛,大概也想碰碰运气,看看是否能在回廊里遇到"临去秋波那一转"的那个美女。梆子戏也是演《西厢记》的,就是把昆曲的长短句曲牌改成了整整齐齐的乱弹腔。魏长生学过这出戏,他扮过红娘。在寺前的饭摊上打过尖,魏长生和梁老大登着高台阶进了寺院,上了三炷香,寻到"张生逾墙处",就下山继续登程了。

傍晚来到闻喜,住进城外一家小客栈里。晚饭时,老九说当地的"煮饼"很有名,魏长生要了一份,谁知拿上来的竟是一包甜食——香油炸的蜜糖疙瘩,内包糖稀,外蘸一层芝麻,一口咬开能拖出一两寸长的蜜丝丝儿,味道的确不错,听说乾隆爷吃过也赞不绝口呢!魏长生大惑不解:

"梁爷,你说这'闻喜煮饼'明明是油炸的,可为啥叫'煮'呢?明明是鸽子蛋大的甜疙瘩,为啥偏偏叫'饼'呢?"

梁老大见多识广,品味着煮饼,念叨:

"五里不同俗,十里不同天。一过黄河,风俗就变了,人言也变了。此地人祖祖辈辈就把'炸'叫'煮',把这蛋蛋叫'饼'。"

"这名实不符啊!"

"天下事,名实不符的多着呢!就像你们唱的梆子戏,打梆子,拉胡胡,明明是有板有眼的,可是人们偏偏叫它'乱弹'。"

正说话间,场院的东头响起了二弦子,有人亮开嗓子:

出门来羞答答将头低下，

忍不住泪珠儿点点如麻……

魏长生一听是有人在唱《春秋配·捡柴》，这是剧中人江秋莲的唱词。不知是江湖上哪位同道，在这河边小店里唱得如此认真，如此动情。

"梁叔，虽说是十里不同天，可俺们这梆子戏脚步长啊！你听河西河东都在唱啊！唱的调调儿差不多。"

"要不你还敢过河？咱这一路北上，都能听到梆子腔哩！咋，你也想唱两口儿？"

"不不不！"

尽管黑影里那人唱得不错，魏长生也没敢凑近去细听，更不敢凑上去开唱，他怕忍不住技痒，吼出两声再引来个什么二当家的。

麦收时节，天气很热。魏三开窗睡觉，躺在土炕上，从窗户里望出去，明月高悬，星星眨眼。魏三仰望星空，听着这梆子乱弹声，思绪盘旋。

他想起了远在四川的爹娘。父亲魏崇贵，母亲刘氏，都年过半百了。崇贵祖辈为农，住在金堂城外，还会编织鸟笼的手艺。他对三个儿子各有安排：老大五大三粗，从小体力过人，是种庄稼的好材料；老二心灵手巧，五岁就会编鸟笼，肯定能继承父业；老三记性好，故事听一遍就能顺口讲说，庙会看戏时听一遍就能记住戏词儿。魏崇贵决定让老三读书，改改门风。老魏不指望三娃子将来能"朝为田舍郎，暮登天子堂"，只希望娃儿能识字、明理，不做睁眼瞎，成个明白人，于是把老三魏长生送进了私塾。

三娃子长生果然不负父亲的期望。开蒙的《百家姓》《三字经》，先生一教就会，过目不忘。接着学《日用杂字》《千字文》，照样能一遍背熟。先生又教他算术，教他打算盘，心灵的魏长生学得通透，很快就学会加减乘除。学会了这些，在乡下已经可以四通八达了。先生见这孩子聪明，又开始教他"四书"，算是入了儒学的正道。"四书"从《论语》学起，《论语》刚刚读完背熟，先生尚未开讲，舅舅从西安回来了。

舅舅李修福在西安城开烟铺，买卖很有起色，见三外甥长生心灵手巧，就想带他学生意。李修福和老魏商量：

"姐夫，宋朝的丞相赵普'半部《论语》治天下'，咱家的长生已经把一部《论语》背熟了，该出外闯闯了，就跟我去西安学生意吧。"

姐夫郎舅的心思一拍即合，长生对外边的世界也充满好奇，就跟着舅舅踏上了蜀道，那年他十三岁。

魏长生本来可以学成个生意买卖人，可是十八年前一脚踏进梨园门，这辈子就注定吃戏饭了。都道戏子是"下九流"，可是魏长生心里没有后悔过，三年学艺，吃尽苦头，可攒下了一身唱戏的功夫。梨园行江湖水深，鱼龙混杂，对外难免有争斗，对内也不少钩心斗角，抱团取暖的有，拆台下药的也有。戏班吃饭，是靠角儿，可是戏娃子熬成角儿谈何容易！一旦成了角儿，面对的又是同行的羡慕嫉妒恨。

师父"万人迷"的艺名不是浪得的，他唱的"同州腔"真能把人听得神魂颠倒，他走的"花梆子"把人看得如痴如醉。师父带着同盛班进过省城，走过西府，下过汉中，一心想到京城走走，可是"万人迷"的美名虽传遍了同州和蒲州，戏路却始终没能蹚过河东平阳府。他就像一条锦鲤，始终没能跃过龙门。万人迷认定魏长生是可以成龙的，可是魏长生自己掂量掂量，现在还不过就是一条略带鳞花的小鱼儿。

他想，我这条鱼能跃过龙门吗？昨天过黄河，车马同行，走的是蒲津渡，这一段的黄河水倒是稳稳的。再往上游不远，就是龙门大禹渡了，那里是黄河峡谷，河面虽然宽不过十几丈，可是凶险得很呢！人道是"无风三级浪，平地一声雷"，那是大禹王开辟的河道，只有他老人家才能随意跨过，平常人是不敢从那里过河的。

如今梆子戏已经过了黄河，过了太行，进了京城。听说北京老百姓现在喜欢的是京腔、秦腔、罗罗腔，进戏园子里听戏，一听到唱昆曲就一哄而散，所以万人迷才发誓要进北京一闯，打开秦腔的天下。师父万人迷一辈子的愿望，就是想让梆子戏把京城里的人也迷倒。可是，北京的梨园也是龙争虎斗之地，扎根不易。

魏长生想，师父病殂旅途，赍志长逝，已经无法实现这个心愿了，就让我魏长生来实现吧。京城的江湖究竟有多深？京城里能不能站得住脚？一切都未知，只能下水试一试，哪怕它是虎穴龙潭。

奔波一天的魏长生，想着想着终于合上了眼睛，在梆子声中甜甜入睡。

翌日一路北上，"白日依山尽"的时候，到达了平阳府。平阳是"东倚雷霍，西控河汾，南通秦蜀，北达幽并"的大郡，市面很繁荣。都说"尧都平阳"，远古大圣人唐尧建都于此，这里的尧庙辉煌壮丽，有酬神演戏的大戏楼。

魏长生下车，朝着尧庙深深地作了一揖。五年前，魏长生跟随万人迷的同盛班来尧庙的庙会上献艺。平阳是梆子戏的大码头，当年康熙皇帝西巡驻跸平阳时，就在这里看过乱弹戏。平阳府祀神的庙会，或者富贵人家的堂会，为示文雅和郑重，虽然也请"苏班"唱几出昆曲，但观客惦记的主要还是来看乱弹戏，万人迷在这里很有戏缘。有道是"脚为百练之祖"，万人迷那令人着迷的花梆子碎步，就是向师父"盖平阳"学的。盖平阳的师父，则是给康熙爷演过戏的葵娃。

按照与北京平阳会馆的合同，同盛班本来是要继续北上，过平遥，越太行，一路演出直到北京。在北京等着订合同的还有临汾东馆、浮山会馆、平遥会馆、晋翼会馆、颜料会馆，都是山陕商家共同捐资建造的同乡聚会、议事、宴客、娱乐的场所。梆子戏是山陕会馆联络乡情的最佳纽带，所以才不远千里重金邀请梆子名班。同盛班打算在北京演出一两个月，万人迷心想凭自己的实力说不定还能在京城落地生根。不幸的是万人迷在平阳尧庙的戏台上刚刚唱完一出《梵王宫》，就头晕倒地，当场急救，虽然脱险，但从此左臂风痹，再也动弹不得，同盛班只好打道回同州。

平阳是万人迷的伤心地，万人迷至此返回，心愿未了，抱憾终生。

魏长生想起师父弥留之际的嘱咐和期望，这次他之所以要进京，也是决定把师父未走完的路继续走下去。只可惜单人独闯京城，手下也没有班底，前途真不可测。

第四回　魏长生初进北京城

当初在西安动身的时候，魏长生原打算一路搭班唱戏，慢慢地过河进京。这一路上都是梆子戏的天下，河西河东虽有一河之隔，风土稍异，梆子班演的戏路数也略有不同，但是大致不差，高明的伶人可以随机应变。魏长生凭着一身的本事和满肚子戏文，他是不愁吃喝的。后来得知可以搭上梁老大的顺风车，也就打消了这个念头，乐得一路逍遥。在赤水驿进少华山唱戏，那纯属意外。

他们来到洪洞大槐树时，梁老大提议在此打尖小憩。

大槐树是明朝洪武、永乐年间大移民的人群集结地，有一首传唱的民歌：

问我家乡在何处，
山西洪洞大槐树。
祖先故里叫什么？
大槐树下老鹳窝。

元朝末年，全国战乱，许多地方道路榛塞，人烟断绝。明朝朱皇帝降旨把人烟较稠密的山西泽、潞、汾、沁等州府的丁口，强制迁移到凤阳、北平等地的各府州县。移民被集合到洪洞大槐树下，然后押解上路，大槐树成了他们集体的记忆。三百多年过去了，有的移民已经说不出自己家乡的地名，只记得这棵大槐树。从大槐树出发的移民的后代，还有一个集体的记忆，就是只要看看小脚趾的趾甲若是分成两瓣儿的，就可认定为同乡。

那棵大槐树还在，至少已经有五百岁，每年总有寻根祭祖的人来到树下烧香磕头。在大槐树的北面还修了一座庙，门匾是"慎终追远"，供奉的牌位上写的是"四方先祖之灵位"。

魏长生和梁老大、王老九在大槐树下庙前饭摊上吃了当地名吃"揪片"，脱下鞋子看看小脚趾的指甲，都是分成两瓣儿的，如此说来，河南的王老九、四川的魏长生、山西的梁老大竟然都是同乡。他们举起饭碗，同喝一碗醪糟。

吃罢上路，因为走在洪洞的大道上，魏长生就叙说起苏三和王三公子的故事来。

话说南京的阔公子王景隆在北京葫芦巷结识了能歌善舞、文采非凡的妓女"玉堂春"苏三，一掷纹银三万两，定下终身。缠绵一年后，三万两纹银荡尽，王景隆沦为乞丐，白天沿街乞讨，夜晚在关王庙栖身，过得非常凄惨。自他走后，苏三拒不接客，几经周折寻得王景隆，把私房积蓄和首饰细软送给王景隆，助他平安回到老家。鸨儿一气之下殴打了苏三,把她卖给了山西富商沈洪,她被带回了山西洪洞。沈洪的老婆皮氏和人通奸,怕被发现,在汤面里下毒,想害死沈洪和苏三。沈洪喝了面汤,中毒而死。皮氏诬告苏三杀夫,县令受贿,把苏三屈打成招,关进了洪洞县死囚牢。王景隆回乡以后,埋头苦读,第二年参加会试,一举登科,官任山西的八府巡按。他曾派人到北京葫芦巷寻找苏三,却早已人去楼空。王景隆来山西巡察时,在秋后问斩的人犯名册中看到"苏三"二字,大惊失色,立即提审苏三杀夫一案。苏三一见有昔日的心上人作主,当堂把冤屈尽吐,冤案昭雪,皮氏正法。后来,王景隆在京城置下房屋,娶苏三为妻。

　　魏长生说得绘声绘色,梁老大和王老九听得入神。王老九把车子赶进洪洞县城门时,太阳已落进吕梁山。王老九把车子在衙门口稍停,魏长生往衙门口里瞅瞅,说当年那个洪洞县令就是在这个衙门里受贿贪赃,关押苏三的虎头牢就在这县衙里。

　　王老九给安排晚饭,有莲藕、馓子、扣碗酥肉、炒糊饽、蒸丸子,还有洪洞甲鱼,外加晋南醪糟。梁老大喝着醪糟,念念不忘苏三,他问魏长生:

　　"梆子戏里有没有这'玉堂春'的故事?"

　　"还没有,要是有哪位才子把这故事打成本子,我会给他磕头讨来。"

"你是从哪里听说这故事的?"

"前个月我在西安南院门一家书铺里租到一本小说《警世通言》,里面就有这个故事。书里的故事可多着呢,个个都可编成戏文。"

"咳,会识字就是好,肚子里宽啊!你们的戏词儿都是什么人写下的?"梁老大问魏长生。

"人家昆曲本子都有写家的名字,咱这梆子戏'土'啊,可是句句戏词儿都是老郎爷口传心授的,神得很哪!师父记在肚子里,徒弟听在耳朵里,也藏在肚子里,都是看不见的神物。落在纸上的那些文章,那倒是凡间的俗物了。"

魏长生一说,梁老大和王老九听得一愣一愣的,莫测高深。

从洪洞北上,三人一路说说叨叨也不寂寞。过平遥,走太谷,就要往东了,道路上坡,渐渐进入太行山。到达娘子关时,算一算已经走了十天。

娘子关城堡依山傍水,居高临下,是"万里长城第九关"。想当初,唐朝的平阳公主曾率兵驻守于此。过娘子关再往东就是下坡路了,车马一路小跑,轻快地走过井陉,打眼一看,一马平川,可以直到京城。

"老九,前边还有好吃的吗?"梁老大回味着一路的美食,打趣地问。

"有啊!留着您的肚子。"

第十五天，他们吃过保定府的驴肉火烧和牛肉罩饼，就来到了北京城西南方的卢沟桥头。

卢沟桥横跨永定河，有十座桥墩，桥上的石雕十分精美。据说"卢沟桥的狮子数不清"，桥栏、华表、顶栏之上，大大小小的石狮子有四百多个。桥东头有御碑亭，立着乾隆皇上御笔丰碑"卢沟晓月"。

这里到北京只有三十里，旅行即将结束，京城在望。他们在拱北城住宿一宵，明天要趁卢沟晓月，早早地进北京。

他们是从北京的西南门右安门进城的，从南樱桃园往东，经过万寿西宫、陶然亭、虎坊桥、珠市口，来到前门大街。这是北京南城最繁华的地方，大街两旁商铺林立，左右有大大小小的胡同。大街上市声鼎沸，人流涌动，车马争道，常见马车错毂，不可分交，市面之热闹，自非西安城可比。阎家的隆盛盐号在前门大街路东。梁老大叫王老九把轿车赶进院门，让他和魏长生在大车院里等候。梁老大自己进店见阎家三少爷，交代了回西安的事，商定后天启程，然后回到停车院，拍拍魏长生的肩膀，深情地道：

"三儿，叔就送你到这儿了，下边的日子，你自己看着走吧。这一路半月多，天天都吃你的好饭食，叔谢你了。"

他从轿车的暗箱里把山大王盖秦川送给魏长生的那两锭大银子取出来，交还给魏长生。魏长生不肯接受：

"梁叔,我在赤水驿就说过,这是孝敬叔的。两千里一路平安,全靠梁叔罩着,还没花一分盘缠,梁叔您就留下用吧。"

"三儿,你独自一人闯荡京城,实在不易,我哪能要你的银子!这银子也是你提心吊胆挣下的。"

"叔,我腰里还剩下几吊钱,等我搭上班子,不愁吃喝。"

"京城不比别处,五行八作都在拼命抢饭吃。你在北京无根无蒂,有这两锭银子,心里就踏实多了,可以救急。"

魏长生推辞不过,眼含泪花,收下了银子。梁老大又嘱咐:

"京城贼娃子多,不敢把银子揣在腰里,也不可放在身边。叔帮你把银子存在隆盛盐号的柜上,急用时你可以支取,攒多了也可以换成银票寄回家里,孝敬父母。"

梁老大领魏长生来到柜台,和朝奉言明情由,朝奉麻利地接过银两,验了成色,过了秤,取出一张二十两纹银的凭据,当面盖上了盐号的戳子,朝奉署名,按了手印,交给魏长生。梁老大关照朝奉,以后可以给魏长生代收书信——这也是盐号通常给客户提供的方便。

"好了,银子存了。现在我领你去平阳会馆,看看能不能在那里先安顿下。你不是说三年前平阳会馆曾邀同盛班来唱戏吗?会馆应该记得你师父。"

魏长生背上简单的行李，跟着梁老大去找平阳会馆。

京师五方所聚，建有许多会馆，为初到京城的同乡士子、商旅等居留的住处，也是同乡聚会议事之所。山陕商人在北京势力很大，开设了不少商店、作坊、当铺，开设的会馆也有好几处。平阳会馆离隆盛盐号不远，在小蒋家胡同，是明朝末年山西平阳一带的晋南商人修建的。会馆有三进院落，除了客房，还有关帝圣殿，南部有大戏楼。梁老大领着魏长生拜见有些熟识的会馆执事荆先生。

"久违了，荆先生，我是山西秦冠镖局的梁镖头。"

"失敬失敬，您有何贵干？"

"您还记得五年前的一件事吗——会馆邀请陕西同州府的秦腔同盛班来唱戏？"

荆先生想了想，一拍脑门儿：

"记得啊，那邀班定戏的单子还是我写的呢！可惜班主万人迷在平阳病倒了，没来成。"

"山不转水转，也算是有缘，今天我把万人迷的徒弟带来了。"梁老大把魏长生引荐给荆先生。

"名师必然出高徒，魏先生乡贯何处？"

"四川金堂。"

"哦，您是随班来京？"

"不，单人进京，寻机搭班。"

"您到鄙处是要……"

"我只想暂住。"

"这就让我作难了，您不是应约，又不是同乡……不过也有办法——有个双庆班在同乐轩做场，他们是唱梆子戏的，班主张宝昌是陕西长安人，他们的大下处在樱桃斜街，您不妨到那边看看。"

梁老大和魏长生都知道这是逐客，知趣地道谢：

"打扰了，我们就去双庆班。"

他们一同穿过大街对面的大栅栏，走过煤市，找到了樱桃斜街，果然有双庆班的大下处。班主张宝昌，戏班人称三寿官，原是秦腔旦角。魏长生说明来意，三寿官端详魏长生的眼神步态，听听他的谈吐声韵，就断定是梨园行内人。再看看身后梁老大的身架站相，知道准是练家子，说不定还是道儿上的，是不可招惹的。于是请二位坐下，命小伙计上茶，开始和魏长生攀谈。

"敢问这位兄弟，您是何种行当？在何处学艺？师父尊姓大名？"

"小子魏长生，秦腔小旦，曾在陕西同州府同盛班学艺，恩师是万人迷黄三爷。"

听得魏长生是万人迷的徒弟，三寿官立马表示敬意，痛快地答应：

"既是黄三爷的弟子，想来道行匪浅，您就留下吧。不过我这里庙小，未必供得起大菩萨。"

"张爷说哪里话！长生我投在张爷门下，只想为张爷效力，蒙张爷收留，感激不尽。"

江湖有道，一说就通，魏长生没费多大劲，就在双庆班挂了号。

戏班有俗话："够不够，三十六。"一个戏班必须要有三四十人的班底，才能正常演戏。双庆班的各行角色，加上场面、龙套、杂员，也有三四十人住在大下处。

双庆班的大下处是一个四合院，宿舍有通铺，有单间。两间通铺各有一盘大炕，每人只能挨个儿躺直，凑合睡觉。单间各有一铺小炕，有蚊帐，还有一桌一凳。搭通铺，很便宜，每人每天只交一文制钱，那是给打杂的、跑龙套的、场面的下首们住的。住单间，每天要交十文制钱，房客大都是各行的角儿和乐队的鼓师、正吹。魏长生是角儿，腰里还缠着几吊钱，当然不能住通铺，就选了一个单间。大下处有伙房，一天两文钱，稀粥、窝头、咸菜管够，若是想吃好的，就得自己到外头的饭馆用饭。

单间的费用可以在唱戏的包银里扣除，魏长生还没登台，解开腰包，一下子数了三百文制钱交给三寿官。三寿官看魏长生是要常住了，就给他安排了一间朝阳的小屋。住宿安排停当，放下行李，太阳已当午。魏长生做东，请三寿官和梁老大吃饭，这是见面礼，也算是给梁老大饯行。三寿官还约上了班里的正旦王喜官、小生林兴官，还有丑角李狗蛋，这都是魏长生登台必须合作的人物。

三寿官引路来到一家山西馆子晋阳楼,饭菜少不了过油肉、香酥鸭,酒水当然是杏花村的汾酒。林兴官还带来一笸箩芝麻火烧,他丈人是门框胡同烧饼铺的掌柜。酒饭间,商量正事,三寿官听梁老大叫魏长生"三儿",也就跟着问魏长生:

"魏三爷准备何时出台?"

魏长生说:

"不忙,我先闲住几天,观观京城地面的风水。"

"也好,何时登台,悉听尊便。双庆班在同乐轩做场,和戏园商定,戏码三天一换,这三天挂头牌的是这位正旦王喜官。三爷哪天登台,提前告诉我,我来安排。"

梁老大端起酒杯,敬三寿官:

"张爷,我梁老大是给长生护驾的,我后天就回西安,今后长生在京就全靠张爷关照了。"

"梁爷放心,一切有我。古人赵匡胤千里送京娘,梁爷不远千里给我送来了一位好旦角,我敬您一杯。"

酒足饭饱,魏长生结过账,梁老大拉着魏长生和三寿官作别:

"张爷,今天的席是长生请的,多谢张爷赏光。我现在引长生去拜见永顺镖局的王镖头,日后在京若是碰上什么麻烦事,也好有个照应。"

"这样最好,我也能沾个光。"

一场见面礼欢喜完成,三寿官高高兴兴地回双庆班,梁老大领上魏长生奔永顺镖局。魏长生不曾想到梁老大的关照如此周到,他感动得几乎掉泪:

"梁叔,您叫长生如何感谢才好!"

梁老大抄起旱烟袋,拍拍魏长生的肩膀:

"何必客气,我是送君送到家。江湖虽大,四海之内皆朋友,谁叫你在西安的烟铺里遇上我梁老大呢!"

第五回　广和楼魏三品曲味

两天后，梁老大骑马，王老九赶车，送阎三少爷回西安。魏长生送行到永定门外，和梁老大洒泪作别。

魏长生回到城里，在隆盛盐号留下了一封平安家信，等邮差寄往四川老家，然后开始在北京城里串胡同。他要找的是在胡同里的茶园、戏庄，眼观四方，探探风水，领略一下京城的风土人情。

乾隆年间，北京的大小胡同有一千七百四十六条，密如蛛网。正阳门外的南城，大大小小的胡同里，集中了北京城最大数量的商铺、饭庄和会馆，也集中了各式各样的娱乐：唱戏的戏庄、茶园，多在珠市口以北；说书、唱曲、玩戏法、打把式的小档子班，则扎根在珠市口以南。

人说北京这地界"拢气"，万物得活。北京的确是个养人的地方，普天下五行八作、三教九流的人都涌进北京，也各自都能找到饭辙儿。单是就唱戏的来说，北京有"南昆、北弋、东柳、西梆"的说法，东西南北的各路戏班子都进京献艺，各自寻找自己的衣食父母，因为士农工商、官宦走卒各有所好，各有所乐。

魏长生一大早起身送别梁老大，回到大下处时正是早饭时候,他想到街上去找个饭铺,尝尝北京口味。

　　他穿上白褂黑裤,摇一把折扇,漫步走出杨梅竹胡同口。叮咚叮咚的驼铃声传来,一队高大的骆驼拉着煤车,走在煤市街上。他穿过煤市街,对面就是廊坊四条,这是一条古老的商业街,胡同口有一座木制的大栅栏。魏长生刚走进北京城,就发现许多胡同巷口都建有木栅栏,廊坊四条胡同口的这座木栅栏打造得特别高大美观,可能是胡同内的商家出资建造的吧。巷口设栅栏,应该是夜间关闭防止盗贼的,可见京城防护戒备之严。

　　大栅栏开着,从西往东望过去,南北两边商铺林立,招子广告琳琅满目,各家商铺的门口都有店伙计在洒扫街面和吆喝着招揽顾客。街南侧的阴凉地有一排吃食摊儿,摊贩们挑着担子,或支起炉灶,摊开小桌,嘴里唱曲儿似的吆喝着各种小吃的美味。魏长生在一个卖豆汁儿的摊子的小桌旁找了个小板凳坐下,要了一碗豆汁儿和两个焦圈儿,外加一小碟腌疙瘩丝。这豆汁儿是用绿豆面发酵熬成的,稠糊糊,酸溜溜,有一种说不清道不明的味道,看同桌的食客喝得吸溜吸溜,实在爽口乐胃,魏长生却难以下咽,只好搁在一边,光吃焦圈,不知北京人为啥喜欢喝这种东西。挨着豆汁摊是一家卖豆腐脑的,这东西四川人叫豆花。看那担子的一头是一桶做好的卤汁,木盘里有切好的咸菜末,还有一小罐辣子油和韭菜花。韭菜花是老韭菜酿成的酱,刺鼻子的味道飘得老远老远，北京人就要的是这种刺激。

紧挨着豆腐脑摊，是一家卖炸酱面的。碗大得像小盆子，煮出来的面条在凉水里焯过，碗中心放一勺炸酱，闻那味道是猪肉末儿加葱姜料酒和甜面酱煸炒而成的，炸酱周围还摆上了黄瓜丝、胡萝卜丝、莴笋丝、绿豆芽、芹菜末、蒜末。魏长生要了一碗，拌匀后往嘴里一尝，这味道既没有老陕百姓家爱吃的臊子面、油泼面里那种酸辣，也没有山西人爱吃的刀削面那种顺嘴流油的五花肉卤汁，和四川人爱吃的担担面也大异其趣，可是人家北京人吃得头顶冒汗，大快朵颐，津津有味。一碗炸酱面吃完，还要喝上一碗煮面的淡汤，这叫"原汤化原食"。魏长生心想，今后也得入乡随俗，少不了要常吃这种面条了。他使劲地把一碗面吃完，肚子里已经很充实了。

再往前走，是一家卖卤煮火烧的摊子。摊主把烙好的烧饼剁成麻将大小，一块一块地放到粗陶大碗里，把煮好的猪肠子、猪肺切碎也放进碗里，然后浇上一大勺子肉汤，滴上辣椒油，撒上芫荽末儿、蒜末儿。魏长生觉得这和西安人卖的"葫芦头"有点儿像，闻着味道很冲，很刺激。围着小桌子品尝的人还真不少，魏长生也想尝它一尝，可是已经没有肚量了。

不出百步，魏长生已领略了京城里市井间百姓的日常饮食。

魏长生吃罢，再往前踱步闲逛。迤逦走来，身边碰到的是各种游走的商贩和货摊，有剃头的、修脚的、箍桶的、劁猪的、算卦的，挑担子卖茶汤的、卖鸭蛋的、卖皮条鞭子的、卖绸布头的、卖估衣的、卖鲜花的、卖蛐蛐的、焊水烟袋的、戗刀磨剪子的、打糖锣的、卖大碗茶的、卖酸梅汤的、卖煎饼的、卖鞋垫的，哧溜一声从身旁蹿过的那是卖耗子药的。真是五花八门，应有尽有。

大街两旁的商铺行业齐全，有靴鞋铺、衣帽铺、绸布铺、油盐铺、茶叶铺、杂货铺、酒铺、药铺，还有旅栈、饭馆、作坊等等。凡是老百姓生活必需的，这里都给铺排好了。

大街中段的药铺同仁堂，是康熙年间开业的老店，听说是常给宫里送药的御药房。川广云贵道地药材，大瓶小罐丸散膏丹，散出的浓浓药香弥漫了半条街。

魏长生想看看戏园子。大街上有庆乐园、同乐轩等几家戏庄，因为上午不开戏，门口冷清，只有新贴出的报条，大红纸上闪耀着戏班名角儿要上演的戏码。北京的戏场是和饭庄连为一体的，虽然上午不开台，大门里依然传出厨房的刀砧剁肉声，飘出酒香和菜香，那是为下午开台听戏的看客们的酒菜吃喝做必需的准备。

魏长生走到街东头，是南北贯通的粮食店街。粮食店街胡同北口的一家小黄酒铺，使他不禁驻足一观，这是一家经营柴米油盐的商铺，也卖酒，门口传出来酒香和酱香。与众不同的是门口悬着一个大匾，大书"六必居"，看着十分辉煌；门两旁还挂着黑漆金字的六块牌子，写道"黍稻必齐，曲蘖必实，湛之必洁，陶瓷必良，火候必得，水泉必香"，标榜的是此店所售，用料用器之精美，制作工艺之严格。门口的店小二介绍说，这家的店主人是山西临汾赵家兄弟，"六必居"三个大字是明朝大学士严嵩写的，店内的酒和醋都是自家酿的，黄酱、甜面酱和各种咸菜也都是自家做的，名列京都第一。我的个神啊！一家小小的五味油盐酱醋店进了北京也有这么大的名堂。人间三百六十行，若要出众，必须认真。魏长生向小二道一声"受教了"，继续漫步前行。

走出胡同东口的大栅栏，魏长生来到前门大街。前门大街比廊坊四条宽多了，商铺格局和大栅栏里差不多，但是穿梭来往的车马人流更多。逛到中午时分，魏长生在前门大街东侧的肉市，看到了戏庄广和楼。

据说康熙年间就有这个戏楼了，原先叫"查楼"。楼门高大，门联大写"和声鸣盛世，广乐奏钧天"，门口摆一个红漆的木牌，大红纸书写"雅韵正声苏昆永宁部，告别演出，最后三天"，一看就知道是昆曲班子的"报条"。

来京之前魏长生是看过昆曲演出的，秦晋两地无论是河东河西，寺庙祭祀或者高门大户做堂会，有时也邀请"苏班"，演唱的昆曲大多是《天官赐福》《八仙庆寿》《满床笏》之类的吉庆戏。梆子班的伶人们凭着师父传授的本钱,一年四季赶台口,为吃饭奔波而不得空闲,真正观赏昆曲的机会委实不多,说起像《琵琶记》《白兔记》《红梅记》等那些大本昆戏,魏长生还真的没有观赏模仿的运气。今天就进这广和楼,美美地观赏这"雅韵正声"的"南昆"吧。

魏长生在票房花一百文制钱买了一支竹片削成火烫的"茶票",凭这筹码就可以找到座位,这叫"座儿钱"。进得门来,迎面是大戏台,台柱楹联是:

> 学君臣,学父子,学夫妇,学朋友,汇千古忠孝节义,重重演出,漫道逢场作戏;
> 或富贵,或贫贱,或喜怒,或哀乐,将一时离合悲欢,细细看来,管教拍案惊奇。

匾额写的是"盛代元音"。

戏台下的大厅里整齐地摆列桌椅,叫"池座",每张方桌可坐八人,座儿钱百文,没有地位的市井小民大都买池座,中间的叫"池心",池心左右两旁的叫"散座"。围绕大厅,三面有楼座,叫"官座",官座一个座钱七百文,阔商和官员通常是买官座的,这才能显示身份。靠近下场门的第二个官座最贵,因为在这里便于接受旦角掀帘下场时的"掷心卖眼",俗话说"有钱难买下场门",旦角儿下场时一个飞眼儿能叫他摇心荡魂,坐在那里的客人被人们叫作"冤大头"。

散座以外有栏杆，没有茶票的交一文制钱也可以"听栏杆戏"。

池座、散座和官座都可以点茶水，还可以点酒菜，戏楼和饭庄连为一体，所以也称戏庄。魏长生心想，在这广和楼看戏和宴客，只要出钱都可安排妥当，比起在厅堂里做堂会可方便多了，这种戏楼在西安还是没有的。

魏长生独自一人坐在池心旁边的散座上。池座的看客陆续进场，他们的衣着大都是青衣小帽，彼此打躬作揖，彬彬有礼，谦让之后才肯落座。魏长生听说，在北京进戏园消遣的有不少落第的举子，他们在京城逗留，有人走礼部后门想进国子监继续深造，有人托吏部关系想寻一个八品、九品的教谕之类的差事。他们都必须耐心等待，实在无聊了，戏园是解闷的好地方，这些人大都囊中银钱不多，所以大多集中在池座。

读书人自命高雅，不论是否能听得懂戏词儿，都自称喜欢昆曲。既然这昆班永宁部三天后就要离京，他们当然要来捧场的，说不定还要吟诗一首，送给自己所喜爱的旦角。有的客人带着笔墨纸张落座，大概就是做这种准备。再看楼上的官座，几乎无人光顾，那里的座儿钱七倍于池座，可见有钱的官员和商贾也未必爱听昆曲。

池座的客人们口音混杂，南北东西都有，有的人说话魏长生能听得懂，有的人说话叽里呱啦，魏长生就听不懂了。

"看座的"伙计到各个座位上请客人点菜。有人点了红烧鲤鱼、干炸丸子、酥鱼、花生米、一小壶二锅头,他们肯定是北京人。有人点了狮子头、煮干丝、水晶硝肉、三套鸭、老酒一壶,他们可能是扬州、淮安的客人。魏长生独自一人,并无伙伴,只点了一盘宫保鸡丁、一碗米饭、一壶茶。看座的脑筋都很灵光,只要客人确认菜名,他立马把价钱报上,账目算得分文不差。等不多时,酒菜上来,推杯换盏,一片喧嚣。

台上场面坐定,丝竹奏响,检场人摆好了一桌二椅,要开戏了,杯盘声渐小,座位上渐渐地安静下来。魏长生看看满大厅的座位,也不过只占了两成。看这上座的情景,收入很可怜,恐怕戏楼很难和戏班"分账"了,说北京人"厌听吴歈"原来说的是实情,难怪这真正苏昆班子要作告别演出了。

今天的戏码真的不错,是《红梨记·醉皂》《孽海记·思凡》《长生殿·小宴》《宝剑记·夜奔》《玉簪记·琴挑》《偷甲记·盗甲》,有文有武,都是各行当家门的看家戏。不演大戏,专演折子,这是乾隆年间昆班的新风气。早在明朝万历年间,动辄四五十出的传奇大戏已经不受欢迎,哪怕是"荆刘拜杀",哪怕是《牡丹亭》《长生殿》《桃花扇》,在新兴的戏园子里也很难拢住看客了。演唱传奇的昆班不得不想办法留住看客,于是就把长篇传奇中最能出彩的折子,选出来精雕细刻，摘锦撷萃，让看客食一脔而过足嘴瘾。有时也把一本传奇的若干折子串起来演，叫作"整本戏"，或者叫"小全本"，让看客欣赏个大致的故事。

永宁班告别演出果然不含糊，各行角色都很卖力，尽管座位上只有几十位客人，他们也毫不懈怠，都想给座上的知音留下美好的念想，结下戏缘，日后再来。座上的客人也不再喧哗，都屏心息虑，静静地琢磨着那些熟悉的传奇戏词，欣赏着角色的唱做念舞。常说"外行看热闹，内行看门道"，《醉皂》一开锣，魏长生就被深深吸引住了，像钉在了座位上，越来越入神，忘记了口渴，也忘记了酒菜味道。

《醉皂》是一出独角戏，把个衙门里皂隶的醉态和心情表达得活灵活现、入木三分。《思凡》本来是弋腔戏，昆班改唱昆腔，而且越演越精。《思凡》本有"大思凡"和"小思凡"之分，魏长生以前只看过"大思凡"。剧中有小尼姑数罗汉一节，佛祖、菩萨、伽蓝、十八罗汉等都是由各行角色装扮，端坐在戏台上，布置成一个"佛堂"。永宁班演的是"小思凡"。小尼姑抱着云帚出场，一个踏步亮相，便是美不胜收。演到数罗汉处，空舞台上的十八罗汉的形象、神态，全都由小尼姑一个人的歌唱和身段动作表演出来，把小尼姑寂寞、无聊、苦闷、思春的种种情态刻画得淋漓尽致。戏中的每一句唱词都有相应的身段，每一个身段都有定式，做得又准确又漂亮，处处都见功夫。魏长生想，梆子班里至今还没有如此唱做细腻的戏,被人叫作"乱弹"倒也不算太冤枉。

《夜奔》更叫魏长生佩服。《宝剑记》的林冲是正生,《夜奔》一折的林冲要唱十几只曲牌,必须有正生的好嗓子,而且还得有武生的功夫。单是林冲的一套"走边",一句一换景,一步一身段,要能演出一个"一心投水浒,回首望天朝"的林教头,这就非有武生的身上功夫不可,所以这一场独角戏没有几个人能拿得下。昆班人道"男怕《夜奔》,女怕《思凡》",的确如此。

《琴挑》是生旦戏,虽没有多么复杂的身段,可是需要一等的唱功。什么是"板正、字清、腔纯",什么是"气无烟火",什么叫"转音若丝",什么叫"一字之长,延至数息",全在潘必正和陈妙常的口里体现。

《盗甲》没有唱词,单看小丑的武功。鼓上蚤时迁走矮子出场,一层层窜上三张桌子摞起来的高台,还要在桌子最顶端的那把椅子上扯一个"顺风旗",然后抱着雁翎甲,一个"倒提筋儿"翻下来,落地时还要做一个亮相,真是惊险无比。魏长生想,梆子班里尽管也有金戈铁马的戏,可是没见有这种功夫。

看罢昆曲演出,魏长生心满意足地出得广和楼。时当黄昏,魏长生漫步街头,走着走着一股浓浓的鱼腥气扑鼻而来,鲜鱼口到了。这是一条卖鱼虾水产的胡同,胡同口有一家餐馆,飘出浓浓的酱香味,原来也是卖炸酱面的。前门大街上炸酱面馆有好几家，好像都有生意。魏长生肚子有些饿了，可不想一日两吃炸酱面，就往南边走，走不几步，来到一家餐馆"都一处"。

看这店名，真有些莫名其妙。店小二热情招呼，魏长生走进店门，撒眼一观，此店不同寻常，只见大堂正中的一张桌子边摆着一张特别的椅子——椅子裹着黄绫子，还用黄绸子打了一个蝴蝶结。店小二自豪地炫耀，这把椅子寻常人是不可以坐的，因为当年乾隆爷曾坐过。他说乾隆十七年正月初二，万岁爷出宫微服私访，回宫时走到正阳门外，天已大黑，万岁爷肚子饿了，马上要吃饭，可是家家店铺都关门，只有"醉葫芦"王记酒铺还开着门。这是山西人王瑞福开的一家席棚子小酒铺，门口左边挂着个红灯笼，右边挂着个破酒葫芦。皇上和太监走进店铺，吩咐店家备酒菜，端上来的却只有烧饼、炸豆腐，还有烧酒，万岁爷肚饿，吃嘛嘛香，店主人服务非常热情，毕恭毕敬，于是龙颜大悦，回宫后写了"都一处"三个大字，意思是"大大的京都只此一处"。太监把御书送来，王记酒铺蓬荜生辉，王掌柜把御笔亲书的"都一处"做成了一个虎头匾，悬挂在大堂正中，从此，小酒铺"醉葫芦"就改名"都一处"，抓住了南来北往的人们的目光，生意越做越兴隆，酒色越来越齐全，菜品越来越丰富。

魏长生学着乾隆爷只要了两个烧饼、一碗炸豆腐、一盘马莲肉,外加一杯"佛手露",都是家常饭食,但吃起来味道真不错。

酒足饭饱,魏长生漫步走回大下处。他一路上都在寻思,这皇城京都果然是个神秘的"拢气"的地方,一个不起眼的油盐店、小酒馆,居然也有这般不寻常的故事,居然也会有这般不寻常的际遇,难怪全天下的戏班子都想进北京来混上一混了。京城梨园水深啊,有人始终是一条虫,有人却混成了一条龙。

回味一天的见闻,魏长生感慨颇多。广和楼昆班的戏太雅致了,太好看了,可惜这么好的戏,只有几十个人来观赏,这还是告别演出呢,真是"曲高和寡"。听说皇宫里唱戏,太监不够用时,也到宫外来招昆曲班子,但那又能怎样?北京城的老百姓才是梨园行的衣食父母。戏园子里昆曲不上座,昆班在京城就难以立足。戏园子里不上座儿,或许就绊在那文雅的唱词上?即使梨园行里人,跟师父学的嘴里能唱,可是有几个真能字字句句听懂的?听戏的人有读过书的,也有没读过书的,读过书的人未必能把那些戏词儿听懂,没读过书的市井平民就更听不懂了。尽管台上唱得字清腔纯板正,做得来精妙无比,可是又能有几个知音?北京人冷落了昆曲,是合乎情理的事。

要是和饮食相比,昆腔戏好比是那珍馐美味,龙肝凤髓,那么梆子戏就是家常便饭。说什么芙蓉燕窝、红烧熊掌、蛤蟒鲍鱼、凤尾鱼翅，虽然是精雕细琢，高贵无比，但是雅则雅矣，美则美矣，老百姓可吃不起，即便是能吃到嘴里，也未必能品出什么真味。烧饼、饽饽、卤煮火烧、炸酱面，这些饭菜虽然上不了大席面，但是它经济实惠，味道可口，人人吃得起，家家不可少。特别是那种刺鼻的辣子味、韭菜味、大蒜味、猪下水味，真是登不了大雅之堂，可是三教九流五行八作的老百姓多数就爱吃这一口儿，难得的就是家常自然。

魏长生走着走着，嗓子眼儿里噎上来一口气儿，不是广和楼吃的宫保鸡丁味儿，也不是都一处的马莲肉味儿，噎上来的还是早晨吃的那碗炸酱面的味道。

唉，和梆子相比，昆曲或许缺少的就是老百姓大俗人喜欢的这股家常的俗气和俗滋味了，这梆子戏火就火在一个俗字上。

梆子戏果然是人间俗物。没有高人雅士给梆子班打本子，可是好在梆子的戏词人人都听得懂，老百姓人人爱听爱看。其实，梆子腔也是很迷人的。听说当年李闯王打进北京城，进了金銮殿，坐上了宝座，有人献上了吴三桂的爱姬陈圆圆，闯王又惊又喜，马上就叫她唱曲子。陈圆圆唱了一段昆曲，闯王眉头一皱说："为什么模样儿如此漂亮，而歌声如此难听？"部下就叫歌姬们改唱"西调"，闯王一听非常高兴，自己拍掌打节奏，唱得"繁音激楚，热耳酸心"。那西调，岂不就是梆子腔？

北京街市没有夜戏，夜晚是安静的。

天黑以后，市声渐歇，只听得卖夜宵的一声声地吆喝："馄饨喂——开锅！"二更一过，街上响起打更巡夜的更夫敲梆子声和打锣声。

魏长生决定明天去同乐轩看梆子戏，双庆班正在那里做场呢！

第六回　乱弹班叫座同乐轩

同乐轩在大栅栏中段路北，魏长生已经是双庆班的艺人，他从后门进场，在散座的最后靠近大门处找了个空座位坐下。

看看这戏园的结构，和广和楼相似，也有池座、官座和散座，不过上座的情景可大不相同了：池座、散座几乎坐满了，楼上官座也没有了空档，还有不少人趴在栏杆上，等着"听栏杆戏"。池座上坐的有读书人，也有贩夫走卒，还有不少长髯奴、大腹贾；散座上的和看栏杆戏的那些衣衫欠整的看客，肯定少不了引车卖浆者流。

都说北京人"当裤子听戏"，穷得把裤子当掉也要换钱听戏，这话当然有些虚夸，但北京人的戏瘾确实很大，各行各业的人一有空闲都钻到戏园子里找乐子，所以四面八方的戏班子也都爱跑到北京城找饭辙儿。

开始上酒菜了，满园子蒸腾起一股醋味和辣子味，看来坐在池座和官座上的大都是山西人吧，还有陕西人，在前门外做生意的山陕商人多了去了。

戏台上锣鼓响起，座儿上渐渐安静。今天观众如此踊跃，是因为要上演一本《张古董借老婆》，这是从扬州传过来的梆子新戏，北京人听戏也要图个新鲜，老演老戏，天长日久也会倒胃口的。

正戏上演前,照例要先垫上一出小戏。今天的垫戏是时调杂出《小妹子》,演的是小妹子思春。小妹子和情郎焚香盟誓,情郎却远走高飞,小妹子担心他负心另娶婆娘,睡到半夜,手摸着胸膛,自思自想,辗转反侧。

这一出独角戏,有笛笙细吹,和着歌唱,十分动听。唱完之后,旦角做"骚式"下场,特别向着靠近下场门的官座上的客人飞了一个媚眼儿,场子里响起一片叫好声,艳妆的"小妹子"照例到官座上为豪客们送果点、侑酒、敬茶、点烟。这种场面,魏长生是第一次见识,他想自己改日登台,恐怕也必须学会这种周旋。听说北京戏园子里还兴起了一种风气,散场后官座的风流豪客常常要驱车带上心爱的旦角,到大街的饭庄酒家再去吃上一顿。

《张古董借老婆》的故事有些荒唐。穷书生李成龙要进京赶考,可是没有路费,本来他的亡妻的嫁妆钗环首饰等是可以换钱的,可是他的妻子死后,这一切都被土财主岳父收回去了,抠门的岳父出了个难题,说是等他再娶妻的时候才还给他。李成龙的义兄张古董古道热肠,答应将妻子沈赛花借给李成龙,冒充新娶的妻子,去城里见岳父,讨回钗环。说好了必须当日去,当日回,不料风雨大作,这一对假夫妻被岳父强行留下过夜。张古董见天色已晚,很不放心,赶往城里去催他们回来,却被卡在了月城里,进不得退不得,焦急地等了一夜，李成龙则在房中枯坐了一夜。天亮以后，张古董找到李成龙的岳父家，说不清道不明，被打了一顿。事情闹到公堂，县官把沈赛花判给李成龙为妻，判李成龙的岳父赔偿张古董三十两银子作结。

荒唐的故事最好看的是《月城》和《堂断》两折。《月城》表演的是两个地点三个人物的不眠之夜，戏台上是旦扮的沈赛花和小生扮的李成龙这对假夫妻，坐在李成龙岳父安排的一间卧房里，净扮的张古董困在戏台的左上角，表现的是他蹲在月城的寮檐下。两个地点的人物，各自表达自己的情态，对话说白互相对应，十分有趣。谯楼起更，沈赛花开始埋怨张古董，牢骚，后悔，怨恨，张古董则满腹焦虑想象着沈赛华和李成龙"一间房、一张床、一个枕头"的情景，难以遏制满腔怒火，其实双方全都是误会。每当张古董发一次火，就引起满场的大笑和喝彩叫好。从初更到五更，直到鸡叫天亮，台上人物的误会和焦躁步步升级，池座和官座洋溢着欢笑。《堂断》同样是非常热闹，最精彩的一段是张古董告状。张古董诉说着冤屈，丑扮的县官却无心听他诉说，他一门心思嘱咐衙役明天如何给西门王老爷送礼的事。一净一丑，你一句我一句，完全对不到一起，造成了鸡对鸭讲的滑稽效果，当然又是"好"声不断。

这"叫好"是北京人看梆子戏的发明，陕西人听秦腔不叫好，江南人听昆曲更是没有叫好的习惯的。

一部滑稽戏《张古董借老婆》，生旦净丑都登场表演，各显神通。扮沈赛花的旦角是双庆部的王喜官，扮相极佳，两眼一眨一瞪，富于魅惑力的小嘴一缩，真令人浑身飘飘然，忘掉他是个男伶人。王喜官嗓音虽不太清亮，好在所唱的乱弹腔只有十几句，主要是以念白和表演取胜。

座儿上的魏长生一直在想，这出戏如此叫座儿，可见双庆部的掌班是很有眼光的。这个借老婆的故事虽然荒唐，却并不缺少人情世态，永宁部演的那些昆曲折子固然精致无比，却难以取得如此热烈的效果，看来梆子腔在北京城是大有人缘的。

听说北京除了前门外，宣武门外、崇文门外、德胜门外都有大大小小的戏园，京城流传着京腔的"六大名班，九门轮转"的说法，明天也必须去看看。

他和班主三寿官说好，三天后登台。双庆班的小生林兴官明天不上台，魏长生就约他一同去听京腔，两人说定今后要彼此合作的。林兴官比魏长生大一岁，山西人，娶了烧饼店掌柜的女儿，在北京唱戏已经四五年，见多识广，魏长生人地生疏，台上台下少不了向他讨教，还要和他配戏。

第二天，魏长生和林兴官在大栅栏进了庆乐园，京腔宜庆班在此做场。

宜庆班是京腔的名班，京腔就是弋腔，也叫高腔。林兴官说当年康熙皇帝喜欢金鼓喧阗的弋腔，曾经派太监到江南去挑选弋腔的名班名角儿带进宫里演大戏，弋腔于是吃香，跟着进京的弋腔班子络绎不绝。善于入乡随俗的弋腔在京城待得久了，受帝京风物的熏陶，也变得文雅起来，甚至也操起京城的口音，人们就叫它"京腔"了。不过，这京腔始终保持着弋腔的老传统，没有丝竹托腔，依旧是大锣大鼓，一唱众和，因此人们还是沿袭江南人的叫法，也称之为"高腔"。高腔也被归入"花部"，属于昆腔以外的"乱弹腔"，但是它唱长短句的曲牌，能扮演传奇大戏。

北京人是比较喜欢高腔的，市坊流传的《燕城灯市竹枝词》说：

不用笙箫奏法筵，
只闻锣逐鼓喧阗。
高腔曲子声如沸，
赚得燕人笑语颠。

魏长生在蒲州是听过高腔的。高腔在晋南地方称"清戏"，据说是从江右、湖广传过来的，原本叫作"青阳腔"，专演传奇大戏，现在魏长生是要专门领略领略"燕人"喜欢的京腔的风采。

看庆乐园门口的报条，今天的戏码有《赏雪》《磨房》《串戏》《拷红》《借靴》，也是折子戏的连缀。魏长生买了两支池座的茶票,和林兴官坐下来,点了茶水和酒食,等待开锣。

《赏雪》演的是宋朝太尉党晋和夫人赏雪的趣事,大概因为天气热,戏班才选了这出戏,借说雪景让场子里的看客心里凉一凉,求得"望梅止渴"的效果。报条上说这是一出"梆子腔",可是党晋的夫人党姬唱的是四支【皂罗袍】,党晋在最后还要唱一支【玉交枝】,都是由锣鼓击节,敲锣打鼓的师傅们帮腔,仍然是高腔本色。旦角和净角都很会唱,也是蛮好听的。戏里最有趣的关节是党晋作诗,他本是一介武夫,肚子里没有墨水,却要应景作咏雪诗,得意地作出一首:"复飞复飞复复飞,犹如三千六百个小鬼在那半天撒石灰。我这里羊羔美酒吃不下,那吕蒙正在破瓦窑中冻得个了不得。"戏台上的院子、梅香等齐声给党晋拍马屁叫好,台下座上的看客也是一片叫好声。这出本来并不热闹的戏,京腔演出来雅俗对比别有一种滋味。

《赏雪》演罢,旦角不忘在下场门向官座上的冤大头抛媚眼儿,也要上官座送水果、斟酒、敬茶。

《磨房》和《串戏》是小丑和小旦的两小戏。心地善良的孔怀不忍心嫂嫂受母亲折磨虐待,和妹妹一同帮助嫂嫂推磨。为了让嫂嫂开心,孔怀和妹妹要串戏给嫂嫂听,他们唱的戏是随意胡凑,又是《彩楼记》的吕蒙正,又是《白兔记》的李三娘,一会儿关云长,一会儿钱玉连,生旦净丑一阵胡串，又加上了和母亲的逗闹，报条上写的是"梆子腔"，其实是梆子、高腔的混搭。《磨房》的孔怀只唱了一支乱弹腔，且角嫂嫂唱的却是高腔。孔怀串戏唱的是大段的高腔，两支【急板令】，一支【清江引】，结尾则是【苦相思后】，可见仍然不改高腔的本色，也说明高腔班子里也正在尝试接受梆子腔。

《串戏》演罢，接下来是昆腔《拷红》，这是《西厢记》中精彩的折子。北京的高腔班也并不排斥昆腔，常常也插演昆曲，所以也称"昆弋班"。看客们一听笙笛响，知道要唱昆曲了，一片哗然，纷纷起身离座儿，奔向戏园东侧茅房的尿桶而去。魏长生问林兴官：

"这北京人也太不讲情面了，为什么一听昆曲就起堂呢？《拷红》是好戏啊，梆子腔也是要演的，我还扮过红娘呢！"

"如今的风水就是这样。北京人爱看戏，可喜欢的是秦腔、弋腔，就连山东来的姑娘腔、河南来的罗罗腔也有人喜欢，就是很少有人喜欢昆曲了。"

"可惜啊！这昆曲的《拷红》很有看头呢！"

"有啥法呢？人的口味不同。山东人爱吃蒜，山西人爱吃醋，四川人爱麻辣，苏州人爱吃甜。"

"或许昆曲回到苏州老家，就能服水土？"

"也不见得，听说苏州、扬州也时兴梆子戏了呢！"

"世上终归俗人多，雅人少啊！"

"众口难调。可能为了适应不同口味，这高腔班也插昆曲，也插梆子了。"

两人小声议论着，《拷红》演罢，大锣大鼓响起，要唱《借靴》了，放了水、伸了腰的看客们才陆陆续续回到座位上。

《借靴》是高腔的看家戏，百演不衰。张三要赴宴会，知道结义兄弟刘二有一双新做的皂靴，就想借来穿穿，风光风光。吝啬鬼刘二不肯借给他，故意设下难题。先夸说靴子的神奇，要张三买贡品来"祭靴"；再宣布"靴律"，说损坏了靴子轻者流徙绞斩，重者万剐凌迟。折腾了半天，张三一一照做。当他背着靴子赶到朋友家时，宴会已散，只好饿着肚子回家，昏睡在路上。刘二见天黑了张三还没归还靴子，就打着灯笼沿路寻找，他担心张三穿着靴子归来会把靴子磨坏，一路搬石铲土修路。当发现睡在地上的张三时，才知道靴子并未曾穿过，表示"二十年相交热如火"，下次来借靴绝不为难，张三却是再也不敢借了。

一副一净，并无旦角出现，戏却赢得好声不断。荒诞事偏偏做得一丝不苟，说得一本正经，两个花脸还要唱七段高腔，若没有真功夫是难以镇住场子的。高腔能在京城站住脚跟，确实也靠独特的魅力。

散戏收场了，看戏的人群涌出戏园子，忽听得宜庆班的管事张老六爆炸式的大吼大骂，原来是他发现戏园子门口贴出的报条上被人糊了一摊狗屎。张老六怒吼：

"这是哪个下三烂干的？"

看热闹的不怕事大，呼啦啦涌上前来，又被狗屎熏得掩鼻散开。

没有人回答张老六的暴跳质问，街对面摆摊儿卖杏的喜哥儿是看到谁糊狗屎的，但他也说没看见。张老六大骂：

"我知道又是你个生儿子没屁眼儿的混账东西造怪闹鬼啊！有本事的你站出来舔掉这些狗屎，戏场的饭是大家吃的，凭本事吃饱，没人看你家的戏，证明你没本事！你是看俺们眼红啊，干这种下三烂恶心人的事，缺你妈八辈子德啊！"

听他的口气，是猜得到谁干的。都道"同行是冤家"，看来是哪家戏班嫉妒宜庆戏班生意红火，才做出这般恶心人的勾当。做这种事，都是花几个小钱买那些"胡同串子"来偷偷做的，即使有人发现了，也不愿招惹他们。所以，张老六急得猴儿跳，气得怒发顶草帽儿，也没人会告诉他是谁糊的狗屎。他就是报告五城兵马司，官家也不会理他，只能自己干生气了。

林兴官扯扯魏长生的袖子：

"兄弟，看到了吧？京城的戏饭也不好混哪！池子里只有那么一汪水，大家伙一块儿跳进来扑腾，都想把看客拉到自己的园子里。乱弹和昆曲斗，自己也窝里斗，斗斗斗，没一天消停。好在咱们双庆还没人干这种下三烂的事。"

"那就凭本事吃饭吧。"

一连看了三天戏，魏长生对京城梨园的风水大体上心中有数了，明天他也要在京城这块风水宝地上一展身手了。

第七回 《卖胭脂》梨园崭头角

梨园行的饭的确不是容易吃的，一是要拼真功夫，没有几下真本事是没法混的，一是要结人缘、戏缘和台缘。戏班的人都说"一窝旦好吃饭"，可是旦角多了也难办。唱戏的都想成角儿，都想站到戏台中间儿。一旦成了角儿，又怕别人抢饭碗，所以不喜欢和同一行当的旗鼓相当的人同台，更不想和这样的人配戏，戏班里临场拆台、当场使绊子的故事多了去。双庆班的当家旦角王喜官听见新来了个旦角魏长生，心里就一直犯嘀咕。为生存计，他不能允许比他高明的人盖过自己，他既不知道魏长生的道行深浅，更不知道魏长生的品性如何，可是究竟如何在台上相见，还得听班主的安排。班主三寿官是老江湖了，他对王喜官的心思是琢磨透的，这个角儿不可得罪，还指望他挣钱呢！他也不知魏长生的根底，不知道他能吃几碗干饭，第一次蹚水，必须先看看他的功夫。

他把魏长生首次出台的戏码做了精心的安排，故意不让魏长生和王喜官在戏里相遇，主要是想称一称这个魏长生的真实斤两。他让王喜官演《戏凤》，给他配戏的生角是朱凤林，给魏长生派的是《卖胭脂》，配戏的小生是林兴官。这两出戏都是双庆班看家吃饭的梆子名剧，戏虽不长，却很看功夫。三寿官特地在报条上《卖胭脂》的顶上加写"新来秦腔名旦魏长生",告诉看客双庆班来了一位新的梆子旦角。

《卖胭脂》是一出老戏,魏长生演过多遍,不过在京城初次登场,一切都要谨慎,万万马虎不得。昨天下午散戏后,魏长生请三寿官、王喜官、林兴官、朱风林,还有笛师、梆子一同到晋阳楼聚餐。席间,魏长生趁空和林兴官对戏,他才发现双庆班唱的梆子腔和西安的戏班是不太相同的。西安的秦腔乱弹已经是唱整齐的七字句和十字句,双庆班唱的还是有长短句的曲牌;西安的乱弹已经用二弦子托腔,双庆班还在用笛子伴奏。这就是所谓"昆梆"吧?好在当年跟师父万人迷是学过这种昆梆的,所以和林兴官对一对戏词儿,很快就记住了,只要笛师认真托腔,梆子敲得到位,明天不会出大差错的。饭后,林兴官和魏长生回到下处的小屋里,把戏词又过了一遍。

第二天,整个上午魏长生都在心里默念戏词儿。他早早地吃过午饭,到同乐轩的后台戏房,给祖师爷烧了香,磕了头。箱倌儿已经给他准备了戏衣行头,他对着公用的梳头匣子认真地梳头化妆,一切停当,静静地坐着等候出台。这时,林兴官、王喜官等才陆续来到戏房。

今天的垫戏是《观灯》,生旦净丑众多角色出场,表演元宵观灯的盛景。大热天演这出戏,或许也是让看客们联想元宵节时的冷风飕飕。魏长生没有心思观看场上的表演,也无心观察几个旦角下场后到官座与豪客如何周旋。

他演的《卖胭脂》是一出传统的风情小戏。少女王月英和母亲在长安城外开了一个胭脂花粉铺,自从见到书生郭华,王月英就患下了相思病,终朝茶饭无心吃。进京赶考的书生郭华看到王月英美丽的眼睛,黯然魂销,他经常以买胭脂为由,到店里看王月英。一日,王月英母亲外出,郭华来到胭脂铺,两人一见,互相调情,私订终身。

魏长生扮成小家碧玉王月英,出场唱引子:

自见那书生,
使我心欢喜。
若能得后来嫁着此人,
使奴心安稳,
使奴心安稳。

清亮圆润的歌声,尾句还重复一次,座儿上齐声叫好,表示了对这位初次见面的旦角嗓音的认可。接着,王月英自报家门,念白:

"一见才郎心欲迷,相思相见没佳期。"

魏长生清脆甜美的白口,又赢得一阵喝彩。

戏里有几个滑稽的关目——王月英和郭华互相捏手,互相丢眼色;郭华跳进柜台,不料货郎闯了进来,郭华藏进柜里；货郎向王月英兜售铜镜，郭华恰巧钻出，货郎发现镜子里有三个人影，大惑不解；结尾拜天地时，郭华要和王月英亲嘴，掰过来的却是货郎的大胡子。凡此种种讨俏的关节，魏三和林兴官做得都很到位，节骨眼儿上该要的"好"都要到了。

演出相当成功，在后台把场的三寿官掩不住笑口。魏长生照北京的惯例在下场门向官座儿飞眼儿，并且到官座上给靠下场门的那个大肚子敬茶。大肚子捏一捏魏长生搓着粉的手，把个两钱重的小银子塞进了魏长生的手心里。

魏长生一边卸妆，一边听着前台的《戏凤》。王喜官演的李凤姐，也赢得"好"声不绝，不愧为双庆班的当家旦。

最高兴的是三寿官，他心想今天真的又得到了一棵送上门来的摇钱树。

散戏后，三寿官和戏园拆账，得到十几两银子，晚上分包银，给魏长生送来了两吊制钱，告知他明天的戏码是《探亲》《相骂》。这两出戏的主角是丑扮的胡妈妈，魏长生扮她的女儿胡野花，是配角。

魏长生在北京的梨园生涯就这样开始了。他谨言慎行，不和人吵嘴，也不和人争戏，所以与王喜官相安无事，他俩像两根台柱子支撑在双庆班，共同为三寿官卖命挣钱。两个多月下来，魏长生积攒下了三十两纹银。那时的北京，已经有山西商人创办的经营汇兑的票号，他到汇丰票号把银子兑换成银票，寄给了父母。

父亲魏崇贵拿银票到成都的汇丰票号总店，果然兑换出了银子，老魏捧着三个光闪闪的银元宝，心花怒放。三十两纹银对乡下的农家来说，可是一笔巨大的收入，足以使他在金堂城里扬眉吐气。凭他种地，十年也攒不出这三个元宝。苦命的三娃子离家十余载，可算是有出息了。

光阴荏苒，不觉就过了秋分，北京的天气渐渐凉了。魏长生吃过早饭，找出新买的棉裤棉袄棉袍子，在院子里的绳子上晾晒，这是要准备过冬了。隆盛盐号的小伙计找上门来，说是魏长生四川老家来信了。魏长生拆信一观，大出意外，原来是父母催他回老家成亲，说是娘舅为媒，给他说定了同镇王木匠家的女儿王氏秀玲，门当户对，年貌相当，只等他回来下聘成亲。

初来北京时，魏长生就给父母寄了家信报告平安。登台以后，又给父母写信，告知事业顺遂，衣食渐丰，可以长期在京城谋生，还给父母寄回了银子。做父母的却是不想让他长期在外流荡，心想儿子虽然是做了戏子，也应该回到四川老家唱戏才好，四川也有"盖板子"呢！父亲的这个决定，是魏长生不曾想到的。他现在每天唱一两出戏，一月下来也能攒下十几两银子，一旦出人头地，前程大有希望，北京毕竟是拢气的风水宝地。可是"父母之命，媒妁之言"是经常挂在口上的戏词儿，是天下人公认的道德伦理，不纯粹是戏言，婚姻是人生大事，高台教化如此，做戏子的魏长生也必须服从。至于未来的老婆是何样貌，是何品性，就由不得自己了。既然是父母做主，娘舅做媒，一切顺理成章，照办就是。

魏长生向三寿官说明原委，表达了去意，要告长假。三寿官有些惋惜，他担心刚刚得到手的摇钱树可能要留不住，但也无可奈何。他想过按班规阻拦魏长生，可是班规里只有"不坐班邀班，不见班辞班，不吃里扒外，不结党营私，不酗酒行凶，不吵架骂人，不阴人开搅，不临场推诿"，这些都套不到魏长生的头上。人家魏长生是独立带戏搭班的角儿，提前请假，理由正当，只能照准。

魏长生一边继续照常登台唱戏，一边做还乡的准备。

他先到永顺镖局拜见王镖头，询问是否有去四川的商队，自己想跟队同行，这需要王镖头作保。王镖头很爽快地答应了，他说正有四川富宽商号要运布匹和关东烟回川，由永顺镖局押车，王镖头是押车镖师之一。他带着魏三到孔雀斜街四川会馆，拜见富宽的管家李二爷说明来意，哪知李二爷也是个梆子戏迷，当即表示欢迎，但是有一个条件——魏长生必须自备坐骑。

王镖头领魏长生到骡马市买了一头齐口的骡子，配了一副舒适的鞍子，先牵到镖局喂养备用。魏长生非常感谢王镖头的慷慨和周到，心想无以为报，等到了成都，就把这匹骡子送给他吧。

魏长生又到隆盛盐号的柜上，把寄存的银子取回。现在他的腰里已经有了三十多两银子，还有几吊铜钱，虽然称不起是衣锦还乡，但是拜见老丈人也不至于寒碜丢脸了。

启程的日子到了，三寿官和林兴官给魏长生饯行送别。几个月的同台搭档，他们切身体会到魏长生的戏艺和戏德，认定魏长生是一位可交的朋友。魏长生的离去使他们恋恋不舍，江湖上能遇到一个好搭档实在太不容易。三寿官诚恳地说：

"兄弟此去，为兄无力挽留。望新婚之后，再来京城，为兄随时恭候。"

林兴官也像兄长一样握住魏长生的手，有许多的话要说："兄弟，你一定要再来北京，我还等着给你配戏呢！"

"再来北京，和你配戏，那是一定的，必须的。"

林兴官语重心长地嘱咐魏长生：

"兄弟，咱们做戏子的谁不想成角儿？可是若没有出众的本事，是绝难脱颖而出、力压群芳。北京梨园是龙争虎斗之地，没有天大本事绝难出人头地，只能混碗粥，喝个肚儿圆。兄弟你已经是角儿了，前程大看好，希望兄弟再进京时，能带来几样绝活儿，那时为兄我还傍你这个大角儿。此一去山高水长，兄弟一路珍重。"

"弟弟记下了，我一定会再来的。"

"一言为定。"

二人喝干了杯中酒，三击掌，眼里都含着泪花。

魏长生把新买的棉袄、棉裤、棉袍送给了林兴官，自己住到孔雀斜街四川会馆，加入了富宽商号的车队。

翌日清晨，车队出发，十几辆大车前行，后跟着镖局的六匹骏马，马队里夹着魏长生的骡子。

木叶萧萧，寒林漠漠，京外平野无际，刚刚分蘖的麦田一眼望不到边。一行商队走的还是魏长生进京的路，过娘子关，经平阳府，渡黄河。到达赤水驿时，魏长生生怕再碰上少华山的喽啰哨探，就把围巾包脸，帽子压得低低的，混在队伍里不敢抬头。其实他用不着担心，半个月之前，盖秦川已经受了招安，上次看到的二当家进西安，就是和官府谈判这件大事的。商队到西安小住一日，然后走蜀道，过秦岭，进四川，这是老祖宗踏出的最便捷的驿道。

魏长生十三岁时离家，闯荡江湖十多年，现在要再走一次来时的路，回家了。

过了寒露又霜降，朔风渐紧，马铃叮咚，车马攒行，一路之上免不了遇上几场雨雪。

魏长生跟着商队晓行夜宿，骑在骡子上并不费力，心却难以歇下来。他一路在想，当年离家时自己才十三岁，同镇王木匠家的那个王氏秀玲还是个七八岁的嫩女娃子。那年清明节，王木匠家树秋千，魏三和两个哥哥从他家墙外路过，只听得一串银铃般"咯咯"的笑声，墙头上飘起了一个女娃子，又听得门里王木匠大喊："秀玲！小心！你个野娃儿！"原来蹬着踏板，冲到半空的这个大胆的女娃子，是王木匠家的女儿。打秋千的小女娃，像一团花儿飘起又荡开，魏三根本没看清她的模样儿。十几年过去了，现在的魏长生更没法想象这个王秀玲是啥个长相了。

一路上，魏长生心里还不断地寻思，自己已经下了海，这戏子的饭可是要吃一辈子的。金堂是老家，小县城里养不起戏班子；成都倒是个大码头，如果想在那里立脚，还得要从头做起。将来成了家，又如何养家糊口呢？他心里真的没有底数。

第八回　结鸾凤卖艺成都府

跋山涉水，奔波三千里，二十多天后商队终于平安到达了成都。魏长生把坐骑骡子赠送给王镖头，王镖头高高兴兴地分手回北京，魏长生乘航船走水路回到了金堂。

河道是千年的老河道，十多年没走了，两岸景色却并无多大的变化。隔天下午，航船到达金堂的码头，埠头一排高高的石台阶，拴船的条石上那一排被缆绳磨得光滑的洞眼儿，在魏长生看来是那么熟悉，走在街上，左右也是记忆中的那些店铺。魏长生很容易地在关圣宫旁找到了家门，门环叩响，开门的是他的母亲。母亲刘氏端详这叩门人，半晌竟没有认出是何方来客。待她确认这就是自己的小儿子时，一头扑到了魏长生的怀里，泪如雨下，放声大哭：

"三娃子，你可回来了！想死为娘了！"

当年十三岁的小娃娃，如今出息成比自己高出一头的美男子，活生生地站在面前，这位年过半百的母亲紧紧地搂着儿子，再也不肯松手。

魏家老倌儿魏崇贵从外边回来，见魏三到家，他把老大、老二和两房媳妇都叫来，全家团聚，又是一番唏嘘寒暄。

大家在饭桌上讨论的唯一的大事，是后天到大木匠王德林家相亲的事。王木匠疼爱女儿，虽然有魏长生的舅舅说亲保媒，他还是要亲眼鉴定这未来的女婿是何等样人，要亲自盘查盘查。

　　王木匠行走江湖阅人不少，坚信自己的眼光，为女儿的婚事，他着实费了脑筋，也伤了脑筋。王木匠没有儿子，单生一个女儿秀玲，秀玲渐渐长大，出落得窈窕美貌，虽出生在贫贱之家，照样是父母娇生惯养。虽说从小娇惯，但秀玲勤快听话，不光学会了女红针黹，还做得一手好菜，将来肯定是当家理事主中馈的好主妇。可是，这样一个好闺女却至今还没找到好婆家，秀玲今年已经二十三岁，还待字闺中呢！在乡下，这已经成为异类，是熟过了的瓜，因为女孩儿年过二八大都出嫁了，到秀玲这个岁数，早该儿女绕膝了。秀玲之所以没出嫁，是因为她抱定了老主意，她发誓不找到一个自己如意的郎君，绝不上花轿。王木匠疼爱女儿，也支持她耐心挑选女婿，还有一个重要原因是女儿不可远嫁，独生女一定要留在身边。

　　时光如白驹过隙，冬去春来，春去秋来，不知不觉就是一年。院里的那棵桃树，从小树苗长到开花，如今都结得满树桃子了。秀玲也越来越成熟了，等了一年又一年，等到如今被人视为黄花已老。

　　在当地本镇没找到门当户对的人家，也是王秀玲晚嫁的原因。门当户对，是大家公认的一条婚姻铁律，这是祖祖辈辈试来不爽的人生经验，王木匠深信门不当户不对的婚姻也确实难以幸福，绝对不能让女儿到婆家受苦。

王德林祖辈上隶籍匠户。古代人生下来就被分成三六九等，元朝把老百姓分成民、军、匠三等，匠户主要是一些手工匠人，社会地位比一般民户还要低下，明朝还把囚人和罪犯家属罚充为匠。匠户世代相传，不得脱籍，负担官府的工役，匠不离局，匠役永充，是由官府管理的贱民。直到清朝顺治二年，这种持续了四百多年的匠户制度才被明令废止，隶匠籍者也可以自由从事手工业了。王木匠不再为官府服劳役，但是在人们眼中还是地位低下的。小户人家出身的王秀玲，想嫁给大户人家就得低三下四，如果给富贵人家当妾做小，那她更是不能接受的。既然如此，那就再认真地找吧，耐心地等吧。但是这种等待是非常令人焦虑的，做到耐心谈何容易！

数月前，李修福来给外甥魏长生提亲。听说魏长生是唱戏的，王木匠心下大为不悦。戏子在古代属于乐户，乐户人家是和青楼妓女归为一类的贱民，所以王木匠几乎要把李修福骂出门去。

李修福倒是能放下身段，十分耐心地给木匠解释。他说，前朝雍正皇上降旨，早就"除豁"了乐户的贱籍，这是皇上移风易俗的大恩典。其实戏子一行和咱们经商做工的一样，都是凭本事吃饭的百姓，也分不出什么贵贱。你们木匠有祖师爷鲁班,人家戏文子弟也有自己的祖师爷,你们木匠拜鲁班爷,人家戏子也拜老郎神。唱戏又如何?人情名教也离不了唱戏,富贵人家做堂会要唱戏,平民百姓婚丧嫁娶也要唱戏,就是皇宫里也是要唱戏的。人道是"三百六十行,行行出状元",外甥魏长生如今就像修满了十年寒窗,一举成名,在梨园行里已经快成状元了。

说到中状元,李修福感叹当年真是教人后悔。长生这孩子真是聪明啊!要是四书五经一直读下去,考个秀才,中个举人,如探囊取物,这可是长生的塾师张先生说的。可是魏老倌偏偏听了我的话,让他跟我去学生意,卖烟叶。谁知道这孩子又命遭不幸,老天爷要他落入戏班,即使落在戏班里,长生也是出人头地,如今已经能挣大银子了。长生本是良家子弟,天性善良,尤其孝顺,至于那模样儿更是没得挑,你走遍金堂县也找不到比长生更俊朗的男娃子!若是有这样一个好女婿,你王木匠这辈子就有靠了。

李修福不愧是买卖人,一张巧嘴不亚于媒婆子,把个魏长生夸成了一朵花儿,可是又叫你不能不相信他的绚烂。

王木匠被说服了。魏长生本是良家子弟,老魏家是世代忠厚的农户,是靠得住的勤劳善良人家。秀玲嫁到魏家,是不会受欺负的,而且还是嫁在本镇,守在身边,也是难得。王木匠和秀玲商量,秀玲也有些心动。她心想,只要是魏长生人品好,这也算是门当户对了,说不定这就是自己的人生归宿。木匠娘子也早就盼着把女儿嫁出去,所以也赞成这门亲事。王木匠和李修福本来就是老相识,世代有交情,量他不会说瞎话,于是就答应下了。

答应归答应,王木匠心里还是不够踏实。魏家这三娃子离家十多年了,不知变成了狗还是变成了狼,不能忘记这个魏长生可是一个戏子,都说"戏子无义",是"下九流",万一他真是个靠不住的角色,那岂不误了女儿的终身?这些年,李修福也没有和外甥在一起,不能轻信他的一张嘴。王木匠和魏崇贵商定,必须把魏长生召回来,亲眼考察后再做最后决定。

王木匠在云顶山的道观雕窗棂时,日子久了认识了道士张太乙,听张道士讲说《麻衣神相》,听得多了就领悟了一点诀窍,于相面一道也就多少有了一些粗浅的心得。他曾尝试着给村里的几个爷们看过面相,推过命运,结果出入不多,使他信心大增。他想先把魏长生的面相认真地考察一番,断定吉凶祸福,才可正式决定婚姻成否。他相信凭大木匠看墨线、量尺寸的一等好眼力,必定判他个八九不离十。

魏长生果然很听话,一封家书就把他召回了。

魏老倌和王木匠约定,后天带儿子到王家拜访。回家的第三天,魏长生剃过了头,修过了面,穿上熨烫过的崭新的蓝布长衫,外面套上青缎子马褂,脚下换上了粉底青布鞋,头上戴一顶青缎子小帽,手里提上两盒糕点和一竹篮金堂红橘,体体面面地跟上老爹踏进了王家门。

王家在堂屋里接待客人。寒暄之后,王木匠的两只眼睛就再也离不开魏长生的脸,他心里飞快地做着分析、判断和推理,按照麻衣相术"十二宫""五观""六府三才三停"的要领,他把魏三的面相仔细地端详琢磨。

命宫在两眉之间,又称印堂,是主命的。只见魏三的印堂饱满,光明如镜,这就是富贵之相。再看鼻子,鼻子主财帛。魏三的鼻子耸直,方正不偏,财源会滚滚而来,鼻尖儿圆圆的,保证丰衣足食。再看眉毛,眉毛主兄弟。魏三的眉梢超过眼角,会有好几个兄弟,这已经被证实了,他有两个哥哥;魏三的眉毛秀丽,好像新月,这就表明是聪明灵秀,才华横溢。再看双眼,眼主田宅。魏三的一双眼睛炯炯有神,黑眼珠闪闪发光,眼如点漆,眼光清澈,这一辈子是要产业荣昌的。再看嘴巴,口大而宽阔厚实的人,能大富。魏三的嘴不大,唇不厚,但是嘴唇红润,这起码也能保证衣食有余了。观察端详的结果,王木匠在魏三的五官面相上没有发现《麻衣神相》所说的任何的灾祸禁忌。

人道是五官之中如有一官生得形状好,即可以得享十年富贵;如果五官长得都好,那么就可以富贵终生了。王木匠越端详,心里越高兴,几乎要发声赞美,毫无疑问,这魏三的五官俱佳。王木匠再作"五岳"(额头、下巴、鼻子、左颧、右颧)、"四渎"(耳、目、口、鼻)的综合考量,看来魏长生就是一个完美的男子。王木匠兴奋不已，心里感叹老魏家是积了哪辈子的德，把个三娃子生得如此俊朗出众！王木匠在心目中把魏长生细细地放到本镇的美男子群里排了个次序，断定如果这魏三排第二，绝对无人敢排第一。

王木匠在给魏长生相面的同时，有意谈论起京城光景，询问起梨园生涯，魏长生应对得体，谈吐文雅大方，举止端庄，娓娓道来却绝无浮浪之色。王木匠心里满意，轻敲茶碗盖儿，呼唤女儿秀玲出来添茶，拜见客人，这已经是把关系拉得很近了。

其实，王秀玲和木匠娘子早已躲在布帘子后边瞅了半天了。王秀玲从帘子缝里细细地观看厅堂方桌下首端坐的这个玉面郎君，心里不禁突突乱跳，暗暗下了决心，心想姑娘今生就是你的人了。王秀玲撩开帘子，提着擦得铮亮的铜茶壶，迈动三寸金莲，婷婷袅袅地细步出场。她给魏老倌行过礼，然后给三人的盖碗儿里添水，顺便向魏长生瞟了一眼。这一瞅不要紧，魏长生和王秀玲四目相对，像划过一道闪电，立马都低下了头。

魏长生心里也突突跳个不停，心想原来这就是当年那个打秋千飞上半空的大胆的黄毛小女娃？真是"女大十八变"，尽管是小家碧玉，论相貌也赶得上戏词里那些美人了。魏长生起身称谢，顺势又把王秀玲提壶的玉手端详一眼，真个是"指若削葱根"！这样的手天生是描龙绣凤的。再抬头一瞅，粉雕玉琢的瓜子脸上，镶着一个红红的小嘴，那真个是"口若含朱丹"了。这小嘴轻轻地一抿，嘴角微微上翘，两边各现出一个小酒窝。魏长生心想，这哪里是木匠家的女儿，简直就是下凡的天仙，舅舅的眼力果然不差，这就是我的婆娘了。

如果说有"一见钟情"的话，这一对青春儿女就真的是钟情了；如果说有"天作之合"，应的就是魏长生和王氏秀玲了。

相亲双方满意，两家老人做主，择日下聘，然后就是选黄道吉日成婚了。魏长生到城里把舅舅请来，下聘和婚礼娘舅是不可缺少的角色。那年王大锤子大闹烟铺，魏长生逃跑之后，舅舅也离开了西安，回到金堂，在城里开了一个铺子，继续做买卖旱烟水烟的生意。甥舅见面，抱头痛哭，涕泗横流，感叹人生无常。

魏老倌早就给三娃子准备好了婚房，就是魏家的西厢，只等迎娶新娘。

吉日良辰，是魏王两家婚嫁的日子。魏长生骑着大红马来到王家，王秀玲凤冠霞帔穿戴妥当，被送进了花轿，一群女娃子们唱起了"哭嫁歌"。秀玲虽然是愉快地出嫁，但想到从此要离开父母，马上要从闺女变成媳妇，心头一酸，流下了两行泪。旗锣伞报簇拥着花轿与骏马，吹鼓手吹吹打打，迎亲队伍回到魏家。

婚礼如仪，拜堂，撒帐，坐床。烛影摇红，魏长生挑去了新娘子的盖头，再一次欣赏王氏的美貌。魏长生抱起秀玲钻进床帐，夫妻生活正式开始。一对男女在被窝里相拥到一起，新娘子忽然朱唇贴上新郎的耳朵，悄声地问：

"三郎，你真的是男的吗？"

这一问，问得魏长生不禁一愣，一双伸向新娘前胸的手顿时停住了。

王秀玲曾跟着大人到庙会上看过戏，她看到戏台上的那些夫人、小姐、丫鬟，轻移莲步，扭捏作态，嗓子细细的，一个个比女人还像女人，可是她们都是男人扮的呀！王姑娘对这种性别的精妙转换，抱有莫大的好奇——装扮假妇人的这些男戏子真的是正常的男人吗？会不会天生有什么毛病呀？

魏长生捏一下秀玲的脸蛋儿，小声地说：

"娘子，今天小生就叫你看看我是不是真爷们儿。"

被窝里一对鸳鸯戏水，魏长生雄壮无比，王秀玲初次尝到了做女人的快乐，激动得想哭出声来。往日里魏长生在戏台上没少演男欢女爱，今天才是好戏真做了，第一次感受到什么是酥香软玉，什么是如胶似漆。两人缠作一团，翻江倒海，直闹得波浪滔天，如梦如幻，如痴如癫。不觉窗外鸡叫头遍，已到黎明时分，二人恋恋不舍地再睡了一个回笼觉，然后穿衣起床。梳洗完毕，魏长生陪着秀玲给父母请安，王秀玲第一次进魏家的厨房生火做饭，新的家庭新的生活就此开始。

新婚蜜月是幸福的，金堂人爱种橘子也爱吃橘子，那橘子带有酸味，是无法和魏长生的新婚相比的，新婚的魏长生和王秀玲心里流淌的只有甘甜，真像蜂蜜一样。不过蜜月终归要过去，日子终归要回到正常轨道。

长生和父亲、岳父商量，将来如何养家，如何寻找生活出路。老魏家是耕作世家，几亩水田有魏老倌和两个儿子料理，并不需要三娃子出力。如果跟着王木匠学手艺，那需要从头学起。且看三娃子这细胳膊细腿，等到锯刨斧凿都玩熟了的那天，谁知鲁班爷肯不肯赏饭呢？掂量再三，魏长生还是得吃开口饭，继续唱戏。征求老娘舅的主张，李修福干脆地说：

"猪朝前拱，鸡往后刨，狗有狗道，猫有猫道，天地万物各有天性，各有门道。人生在世行业不同，只能各精一道，长生活该吃戏饭，这是老天爷的安排。"

于是全家议定，魏长生继续唱戏。尽管说唱戏是"贱业"，但是十几年的历练，证明老郎爷是真的给魏长生赏饭的。万人迷早已认定魏三是成龙之才，北京的几个月的闯荡，再次给了魏长生以出人头地的信心。金堂是个小地方，养不起戏班子，魏长生决定进成都一试锋芒。金堂离成都不远，交通也算便利，冬天的成都，堂会庙会可不少，说不定年关前就能兜着银子回来。

婚后满月，魏长生告别了父母和岳父母，和娇妻洒泪分手，独自一人奔成都了。

成都是四川首府，是物华天宝之地，这里是汉皇叔刘玄德建立的蜀汉的都城，是唐明皇逃难避险的最后落脚地。宋朝的成都已经有勾栏瓦舍，大演杂剧，热闹非凡。但是经过明末清初张献忠、吴三桂的连续屠城，这座天府之国的古城几成废墟，人口只剩下七万。康熙年间开始实行"湖广填四川"的大移民政策，经过五十多年的生息，才又逐渐恢复了繁荣。

成都不比北京，城里还没有专门演戏的戏园子，可是成都人爱喝茶，茶馆里往往辟出专门的台桌，邀请艺人说书唱戏。大街小巷布满了茶馆，三教九流的老少爷们从清晨到黄昏泡在茶馆里，玩弄长壶嘴、大铜壶的茶博士们在茶座间狭窄的过道里穿行上茶，但是他们的吆喝声总不及唱戏唱曲动听。

成都庙宇很多。自古以来，中国人造出了许许多多的神，大大小小的神祇和人一样都有自己的生日，神诞、开光等日子必有庙会演戏酬神。从正月排起，正月初九上九会，正月十二禹王会、万寿宫许真君会，正月十五上元会；二月初二文昌会，二月初七土地会，二月十五老君会，二月十九观音会；三月三娘娘会……一直排到腊月二十三灶王会。月月有神诞，月月有庙会，月月有演戏。庙会演戏少则一天，多则三天，中元节的目连戏要一连唱七天七夜呢！

成都的会馆也不少，最大的是山陕会馆。青羊宫旁边的大关帝庙，就是山陕会馆所在地，是山陕商人聚会的所在，关帝庙里有戏台，少不了要唱梆子戏。当时有竹枝词说：

> 会馆虽多属陕西，
> 秦腔梆子响高低。
> 观场人多坐板凳，
> 炮响酬神散一齐。

富商、官府以及帮会举办宴会，都要唱"酒戏"。成都和四乡的豪富之家，凡团拜、寿诞、喜诞、祈福、还愿、禳灾、求寿、华居落成等，都要做堂会，堂会必唱戏。

所以，梨园行在成都是不愁饭吃的，东顺城街、五通庙、天涯石、东较场一带是梨园行的聚居地。魏长生到成都之后，在东较场租住了一间房子，像在北京一样，也是要先花几天时间踏踏风水，寻找安身的戏班。

成都的戏班五花八门，外来的居多，大多是随着"湖广填四川"的人群来到此地扎下根来。昆腔班子当然是从苏州溯着长江来的，高腔班和胡琴班的老家都在江右，也是溯着长江进川的，弹戏是跟着山陕商人从陕西翻越秦岭和巴山过来的，只有川北的灯戏是本地土戏，现在也渐渐成了气候。

弹戏班子唱的是秦腔乱弹，正是魏长生的本行。陕西的乱弹班子翻过秦岭，先到汉中，再到成都，沿途染上了川味，日子久了念白就带上了川音，可是戏本、戏词还是陕西的，伴唱的依然是二弦子。这二弦子是胡琴的一种，琴桶是红木做的，蒙着薄薄的泡桐板板，川人就叫它"盖板子"，顺口把这乱弹腔也叫"盖板子"了，或者就叫"弹戏"。魏长生从小就喜欢听这盖板子，在庙会戏台下跟着哼哼，想不到学了秦腔乱弹，十几年过去了，还得回来吃这盖板子的饭。跟万人迷学的同州的乱弹，和盖板子是有些差别的，不过搭班唱戏也是不费难的，即便是唱成了秦腔，成都人又有谁敢起哄？盖板子的根本老祖宗可就是秦腔啊！魏长生唱出来的可是弹戏的原汁原味。

在成都扎根的乱弹戏班有庆华班、福盛班和金贵班，魏长生选定了到金贵班挂牌，取的是班名和金堂的"金"字有些瓜葛，讨个吉利。班主侯庆山问明魏长生的来历，甚是喜欢，领魏长生到老郎庙磕过头，算是正式接受魏长生入班。

金贵班新人也是要先"试水"，三天之后山陕会馆有堂会，魏长生登台，挂出的牌子是"新到秦腔名旦魏长生"。届时，主人"扯萝卜"（点戏），点的是《戏凤》，魏长生欣然领命。

离乡背井的山陕商人们一见到"秦腔"二字，都道是乡党到了，从心里早就感到亲近。等到李凤姐开唱"忽听得木马三声响，待奴家出去看分明"，台下的席上轰的一声"嫽炸了"！原来魏长生唱的真的是原味的秦腔。李凤姐和正德皇帝聪明风趣的对答，说的更是地道的关中腔，绵绵的，脆脆的，句句抓心。乡音乡情，勾起看客们浓浓的乡愁，喝彩之声不断。

演出结束，山陕会馆的主人给"打赏"，除了给金贵班一干人马的"公赏"，还另外给了魏长生一份"私赏"，班主侯庆山立刻认定魏长生是一块宝贝。此后魏长生又随班唱了几出大戏，侯庆山凭多年的经验判定魏长生是金贵班旦行的"当家先生"之料。

当家先生又称"大脑壳"，领最高的工钱，其次则是二脑壳、三脑壳。魏长生的才艺果然很快就把金贵班原来的大脑壳比下去了。进了腊月，年底天寒，营业萧条，各戏班陆续"扎班封箱"。金贵班在腊月十六扎班，大脑壳、二脑壳、三脑壳分别向班主交还靴包、妆头，就各自回家了。班主和魏长生约定，除夕前必须赶回来。

魏长生揣着攒下的十来两银子回到金堂，父母、婆娘见魏长生事业顺遂，光鲜归来，心下高兴。腊月二十三送灶王爷上天之后，魏长生到岳父家，和王木匠商量，是否可以到成都开设一家木作铺。王木匠的手艺在四乡八镇那是出了名的，盖房建屋，在他的手下不知制作了多少梁柱檩栋，细木作如雀替门窗的雕花，橱柜床帐的装饰，以至造车打轿，他做来都得心应手。王木匠答应细细琢磨后再做安排。

按照班规，大年除夕魏长生回到了金贵班。此时的魏长生已经是金贵班的"大脑壳"，赶庙会，赴堂会，走茶馆，名声一天高过一天，朋友也一天多过一天。金贵班是半月结账，每逢初一、十五，魏长生都会领到工钱，收入渐渐丰厚，囊中积蓄渐多。

半年后，王木匠听从女婿的劝告，到成都青羊宫鲁班殿拜了鲁班爷，在东顺城街开了一家木作铺。魏长生在木作铺的后院另起一栋瓦房，把丈母娘和王秀玲也接来成都，和王木匠一起居住。心疼的女儿回到身边同住，王木匠夫妇十分高兴，这样魏长生就和招赘的上门女婿差不多了。

第九回　岳父母妙手成绝艺

一年后，王秀玲生下一个男娃子，取名金哥，老少三代其乐融融。

一家人在一起待得长久了，有一天魏长生无意间发现了丈母娘的一个秘密。

木匠娘子是一位相貌颇清秀的美妇人，满头青丝十分靓丽，可惜年纪刚过五十，头发就开始脱落，一年不到，额头上的头发已掉得差不多了，从发际到眉毛的距离，几乎和从眉毛到下巴一样长了，两鬓渐渐有白发，鬓毛也日渐稀疏。爱美的木匠娘子开始热心地绣帽箍儿，绣头纱，一年四季都要把脑壳罩起来。魏长生为丈母娘的容颜渐老而感到惋惜，但是爱莫能助。

三月初三，魏长生陪丈母娘和王秀玲到娘娘庙赶会，突然发现丈母娘容颜大改。只见她绣花的帽檐下露出了横卧的一盘青丝，两鬓也垂下来一绺青亮的发绺儿，额发和鬓发紧贴着皮肤，闪着乌亮的光，太美了！丈母娘是在和女儿比年轻啊！庙会散了，回家来进了卧房，魏长生偷偷地问王秀玲："金哥他娘，外婆的头发是被哪家菩萨给施了妙法？"

王秀玲掩着笑口，泄露了天机，原来丈母娘的黑发是用榆树皮刨花泡的水粘上去的。这个主意当然是王木匠出的，他说把榆木接近树皮的那层刨下来的刨花在热水里发开，可以挤出黏黏滑滑的汁水，这种榆树皮胶水能把头发牢固地粘到皮肤上，王木匠平时是用它涂抹木板的细缝的。半年前，丈母娘就开始收集女儿梳头时落下来的黑头发，一束束细心地梳理整齐，和王木匠一同做美发美容的试验。今天在娘娘庙一露面，效果甚佳，不意被眼尖的魏长生给发现了。

王秀玲见魏长生对此有兴趣，就到母亲房里取来一个黑碗，碗里盛着半碗榆树皮胶水，水里还泡着几绺黑头发，这是木匠娘子卸妆后预备再次使用的。王秀玲把浸透胶水的头发捞出来，分成长绺和短绺，在木板子上用竹片刮透刮平，刮成了乌亮的黑头发片子，她拿一片头发粘到魏长生的手背上，魏长生扯了扯，感觉粘得很牢靠。魏长生高兴得蹦了一个高儿，大叫：

"妙啊！祖师爷又要显神通了！"

他想，把这蘸着榆树皮胶水的假发粘到自己的额上、脸颊上，再包上网子、黑纱，插上头饰，那岂不就更像女人了？戏台上凡事都讲究个领先，我有的你没有，就是鲜招儿，说干就干。

他把长绺黑发刮成两个大片子，短绺刮成小片子，又把小片子盘成几个半圆式的小弯。他把额头的头发茬儿剃光，让王秀玲帮忙勒好包头布，把小片子盘成的七个小弯，在额头发际摆列整齐、粘好；又把两个长绺大片子，从上面压着排好的小弯，顺着鬓角往下一直粘到下巴；用勒头的丝条儿在额上勒紧，系上线尾子，扎上网巾，插上大簪，裹上水纱，加上发垫，梳上大顶，扎上包头绸，插上头饰，戴上绢花，挂上耳坠，在镜子里一照，活脱脱一个俏佳人！虽然还没有施脂粉，没有画眉眼儿，但是已经能把人爱煞。王秀玲帮忙把这一切做好，扳过魏长生的俏脸，在他的嘴唇上美美地亲了一口。

"以后就这么做。这是鲁班爷和老郎爷商量好，又要给我魏三赏饭了。"

魏长生兴奋得一蹦老高，他把爱妻搂得紧紧的，深情地说：

"古代有'张敞画眉'的故事，张敞不嫌婆娘眉毛秃，每天给她描眉毛。今天是贤妻你帮为夫做头发，奴家这厢有礼了。"

他给王秀玲施礼，道了个旦角的"万福"。王秀玲戳着他的额头：

"就凭你这一头秀发，应该先拜过丈人丈母。"

"那是自然。"

魏长生冲着树头的太阳深深地一躬到地：

"岳父岳母大人在上，受小婿一拜了。"

从此成都的戏班里出现了一桩新鲜事——金贵班的魏长

生会"梳水头",这种新样的发式扮出来的女人更加像女人,甚至比真正的女人还多出几分娇媚,因为它能增美藏陋。人有胖瘦,脸有大小,魏长生的脸蛋儿微胖,他把从鬓角顺下来的大片子在两腮上往里贴一些,把脸颊盖住几分,立即就成了秀气的鸭蛋脸儿。金贵班的"二脑壳"杨猴儿嗓音很好,可惜生得脸颊瘦长,显得寒酸,所以得了个"猴儿"的外号。魏长生帮他化妆,把大片子弯成一溜月牙,顺耳根贴紧颔骨,一直弯到颔下,杨猴儿的脸蛋儿立马显得饱满了几分。

俗话说"一招鲜,吃遍天",魏长生的这一招儿给金贵班增色不少,也给长生腰包里增添了银两。这种"梳水头"的方法,起初金贵班是绝对不外传的,无论是唱堂会还是赶庙会,金贵班的后台是不让外人进的,甚至不允许外人探头探脑窥视。

天下事越保密,人们就越发好奇。世上没有不透风的墙,日子一长,不知谁经不起外班人的诱惑,为了几个小钱就把这种"梳水头"的奥妙泄露了。于是,成都的高腔班、昆腔班、胡琴班和别的弹腔班,渐渐地也有了这种妆容妙法。

魏长生对此倒是不太在乎,他懂得戏缘的结成靠的是过硬的唱做念舞的功夫,靠的是恰到好处的手眼身步法的展露,"梳水头"这一招毕竟是身外的小伎俩。十多年的江湖甘苦,魏长生还悟出一个道理,师父给了吃饭的本钱,把师父教的戏唱好就可以衣食无忧,但是想真正地立足江湖,开宗立派,迷倒万人，自己还差得很远，必须下苦功夫学习。

师父教的戏，可以演得比师父更精彩，肚子里的乾坤应该比师傅更宽大，这必须得苦学。没戏的时候，他就到高腔班听戏，高腔的音乐场面虽然不动丝竹，但是"帮打唱"那可是真功夫，还有"变脸""开天眼"等出奇的绝活儿，高腔班从下江的"旌阳戏子"的老祖宗传来的武戏也是很精彩的。魏长生也到昆腔班子听戏看戏，昆班规范的一招一式都值得琢磨，昆曲的学问大得很，一辈子都学不全。

都说同行是冤家，魏长生在梨园行却交了不少朋友。他想的是有饭大家吃，油水的多少那要凭自己的本事大小，看自己的道行深浅。梨园行的独特之处就是必须同锅吃饭，万万不可从别人的口中夺食。魏长生有"大脑壳"的本领，也有做"大脑壳"的气量和作风，处事落落大方，在戏班的内外就多了一些可以求教请益的友人和师长。

昆班的当家老生杨永善是魏长生近年交下的一个良友，相交日久，魏长生得知他的身世，心生敬重。杨永善祖籍苏州，出身梨园世家，祖父是吴县县令李宝台家班的正生。康熙年间，李宝台升任成都知府，家班随同入川。雍正二年，皇帝降旨不准外官蓄养优伶了，李宝台又调任离川，李家的昆班只好落地成都自谋生路。杨永善的父亲杨鹤鸣是唱副末的，领班唱戏，取班名"鹤鸣班"。杨鹤鸣有个独特的主张，他感叹自己虽能背诵若干部传奇的开场，但是只能唱两支曲牌，说几句闲话，在正戏里大多当配角，给故事穿插搭桥。他深感艺人个个聪明灵巧，但是戏词儿全靠口口相传，即便能记下，也莫知所云，因为伶人大多不识字。他决心要儿子读书，戏子虽不能求取功名，但读书识字是必要的，他让六岁的杨永善拜一位无儿无女的穷秀才张孤桐做干爹，而且改姓张，目的是跟老秀才读书。

老秀才很满意这个螟蛉之子，因为他聪明过人。教他《三字经》《百家姓》，一学就会，过目不忘；接着教他读"四书"，一年下来杨永善不仅能背诵《论语》《大学》《中庸》，甚至连《孟子》的长篇大论也能背得滚瓜烂熟；干爹是写颜体字的，自然教他写颜字，两年下来，杨永善就把颜真卿的《颜氏家庙碑》临摹得逼真活像。老秀才心想，这个孩子若是再苦读数年，说不定也可以用"张永善"的名字进科场一试，前途未可限量。可惜的是，在杨永善跟老秀才读书到四年的头上，冬至日的一场伤风感冒夺去了老秀才的性命。

张孤桐归了道山，杨永善回到鹤鸣班，为衣食计，只好子承父业。杨永善学唱正生，由于读过书，记诵戏词果然方便许多，三年之后，已经可以跟班演出《荆钗记》《白兔记》等大戏。又是造化弄人，杨永善十五岁时倒了仓，等到缓过劲儿来，嗓音变沙，杨永善小小的年纪改唱老外。在鹤鸣班里，杨永善可说是个奇人，虽说行走江湖，但他不改读书的习惯。平日他用心搜求剧本，买了一套《六十种曲》竟花掉了五两银子,日夜翻弄,天长日久,了了于心,便便于口,所以戏班人称他"老秀才"。

有一天,杨永善邀魏长生到寓所小酌,让魏长生参观自己的书架上的藏书,取下《六十种曲》让他观看。厚厚的六大函,魏长生打开来翻阅,只见第一套是《琵琶记》《荆钗记》《香囊记》《浣纱记》《寻亲记》《千金记》《精忠记》《鸣凤记》《八义记》《三元记》等十部传奇,书页上字里行间有朱砂红笔的圈圈点点,那都是杨永善阅读的记录,可见他读曲的用心。魏长生不禁感慨:

"还是昆曲好啊!自古以来有这么多的大手笔给昆曲写本子。梆子乱弹,百姓爱听爱看,可惜没有人给我们写本子。"

"也不尽然。世上的才子也有喜欢乱弹戏,给乱弹戏写本子的。"

"梆子班都是师父教一句,徒弟学一句,至今我也没见过戏本子,连折子掌记也没见过。"

"老弟莫要伤心,我马上就叫你看看乱弹本子。"

杨永善说罢,从书架上找出一本紫绫封面的曲本,恭恭敬敬地展开在魏长生面前。魏长生翻开扉页一看,原来是乌丝栏精抄《春秋配》。看这些熟悉的七字句、十字句,正是乱弹班已经唱熟了的大戏《春秋配》。

杨永善告诉魏长生,这是六年前到罗江北乡李家湾唱堂会时,主人李调元先生所赠。

"小弟孤陋寡闻，敢问仁兄，这位李调元先生是何许人？"

"提起此公，大大有名，李先生是当今四川'三才子'之一，在京城吏部为官。此公学问宏富，爱好极广，他看戏议论高妙，写了一本《曲话》，一本《剧话》，他还到处搜集民间的小曲俗唱，只要觉得有趣就记下来。听说当年他经陕西去京城赶考，路上得到了华州皮影戏班的一个残破本子，回家来就改写成这个秦腔大戏。"

"仁兄又是如何得到的？"

"李先生当时丁父忧在家，周年祭祖办堂会，从成都邀了鹤鸣班。我给李先生唱了一出《琵琶记·扫松》，扮张广才，李先生很满意。他赏了我银子，听说我识字，就把这个抄本送给了我，还说是'宝剑赠侠士，红粉送佳人'。"

"原来如此。这本戏也是我们乱弹班的吃饭戏，今天才看到它的真本，仁兄肯否借小弟一观，三日后璧还？"

"当然可以，贤弟珍惜，莫要外传。"

魏长生如获至宝，将《春秋配》抄本捧回家中，决定把这部乱弹戏再过录一本珍藏，一连三个晚上，他就着蜡烛，一边抄写，一边吟唱。他发觉乱弹班所唱的不少地方文理不通，今天读到李先生的抄本，才得以识庐山真面。今后若演此剧，必须遵照原作，精雕细刻。

三天后，魏长生把《春秋配》抄本奉还，还特地送给杨永善两坛"绵州老窖",这是李调元先生家乡绵州的土仪。

自此以后,魏长生抽空就动笔,尝试把自己唱过的一些小戏的唱词、念白、科介笔录下来,反复琢磨。有一天,他笔录完了《探亲相骂》和《卖胭脂》,忽然生出一个念头,心里老是盘旋着"脚""脚""脚"。《探亲相骂》演两个老婆婆对骂,城里亲家埋怨乡里亲家对女儿缺少调教,唱【银绞丝】:

"亲家母不必嘴喳也么喳,还是你从小儿不管他,太油花。大脚也不裹,裤腿也不扎,终日在人家说闲话。"

可见女孩儿大脚不裹是被人笑话的大丑事。《卖胭脂》里也说到脚,郭华调戏王月英,有念白:

"且住,她的容貌虽佳,但不知她的脚儿大小。吓,有了。"

郭华提出要王月英去取上架的胭脂,王月英说:"这也不难,待我取来就是了。"她从椅子上立起挪步,露出了小脚,郭华认真端详,大喜说:

"吓吁,妙吓!你看她好一双小脚儿也!"

可见女子有一双小脚是多么令人欣羡!普天下男人都爱小脚,女人也以脚小为美。

据说女子缠脚是宋朝宫廷里带头的,后来传到民间,成了一件新鲜事被人们关注。人情通达如大文豪苏东坡者,赞美宫廷舞女的小脚"纤妙说应难,须从掌上看",辛弃疾也说"淡黄弓样鞋儿小，腰肢只怕风吹倒"。元朝的蒙古女子是不缠脚的，但不反对汉族女子缠脚。那时汉族女子缠足已经很普遍，小女孩四五岁就用布把脚缠起来，弄成残废畸形，走起路来颤颤巍巍，居然被认为是美的。元朝末年出现了以女子不缠脚为耻的观念，所以朱元璋的老婆马秀英没有缠脚，显得很另类，被人讥笑是"马大脚"。明朝的女子缠脚成为女性美的一大标准，甚至出现了欣赏小脚的"小脚迷"。大同、宣府一带的小脚美人很著名，受到小脚迷的关注，所以明武宗正德皇帝经常到那里去选美。

满族女子是不缠脚的，清军入关后曾发布"剃头、易服、禁缠足"的命令。在血腥的政治压力之下，男人们都必须把前额的头发剃光，留了辫子，穿戴换成满族式样，可是禁缠足的命令始终没有得到施行。尽管圣旨说"若裹足则砍足杀之"，违抗禁令的汉人女子其父亲或丈夫要"杖八十，流三千里"，孝庄皇太后还发布上谕禁止缠足的汉人女子进宫，专门在宫门外竖起两块铁牌，上书"敢以小脚女子入此门者斩"，但是举国上下的汉族女子无论贫富贵贱，依然是坚持缠足，陋习之顽固居然可以用生命较量。大概是汉族女子大都不出大门，官府无法派员逐户检验女子脚的大小，清廷对禁缠足的政策也摇摆不定，所以就不了了之，为此还落下了汉人"男降女不降"而沾沾自喜的自慰。

文人骚客们依然赞美"一弯软玉凌波小，两瓣红莲落步轻",民间女子也声称"脚小能遮三分丑",反之,相貌虽美如果脚大也只能算是"半截美人"。

这种品头论足的病态欣赏相沿成俗,当然也要反映到戏台上。然而那时戏台上的旦角都是男人,谁都没缠过脚,如何扮演出逼真的三寸金莲?光靠现成的步法,一双大彩鞋是没法让人相信这是真正的小脚的,魏长生为此大伤脑筋。妻子王秀玲的一双脚倒是从小裹成的,那长短最多不过三寸,称得上是一双莲瓣。有什么办法能把一双金莲装到自己脚上呢?想到"装"字,魏长生的脑壳豁然开朗。王木匠能把青丝贴到丈母娘的头上,应该也有办法把小脚装到女婿的脚上吧?谁让他是鲁班菩萨的好子弟呢!

某天,魏长生请岳父岳母吃饭,特地做了一盆王木匠爱吃的水煮肉片。三盅酒过后,魏长生开始念叨起小脚来,王木匠听懂爱婿的意思是想在脚下装一对小脚,未等魏长生开口,他立即出主意:

"这有何难!踩跷啊!"

这思路魏长生也曾有过,闹元宵时有一种一寸多高的木跷表演,叫作"地跷"。表演者把穿着彩鞋的脚绑到脚踏板上,用裤腿遮住脚踝,试着用踩地跷来扮小脚女子,但是那和女人的小脚步态毕竟相去甚远。魏长生说:

"踩跷也不大像女人走路啊。"

"那是他不得法。人有巧拙,艺有高下,你看我做一双木头小脚，稳稳当当地装到你的脚上。"

"那感情好！多谢岳父了。"

"先别谢我，这只是个想法，你先求鲁班爷保佑吧。"

王木匠自有主张，他当即量了魏长生的脚长和脚弓，把魏长生的脚从大脚趾到脚后跟的侧面画到一张纸上，又比着王秀玲的绣鞋画了底样，带回了他的木作铺。

魏长生等待着巧手的岳父制作的小脚，可是等了半个多月，一直没有下文。等到七夕，王木匠提着一个布袋找上门来，他解开口袋，原来是一对雕琢精细的奇形怪状的木跷。王木匠有些得意地说：

"三儿，你踏上试试看，是不是你所要的小脚？"

魏长生细看这木跷大约一尺长，一头儿切削成女人小脚的形状，前尖后圆，脚心处弓起，前后量一量不过三寸，套上王秀玲的绣鞋不大不小正合适。木跷的前端刻了一个小平面，刚刚好放下脚尖和小半个前脚掌，另外的大半个脚掌和脚跟、脚踝则需要绑在略带弧形的跷板上。好一副精巧的"小脚"，还分了左右！魏长生脱了鞋比试一番，尺寸弯度恰巧合辙，分毫不差，不得不佩服岳父手艺的精巧。

如何把这双木跷绑到双脚上？王木匠又从口袋里掏出两条丈把长的白布条儿。魏长生把布条儿对折，套在木跷上，把脚放在跷板上，然后把脚掌、脚踝紧紧地和跷板绑到一起。这样绑定如果站起来，全身的重量都要落在脚趾和前小半个脚掌上了。捆绑结实后，王木匠说：

"鲁班爷的活儿到此为止，能不能让小脚附体，就看老郎爷肯不肯帮你的忙了。"

他叫魏长生站起来走走看，魏长生起身刚想站起来，可是扑通一声又摔回到座位上，这根本站不起来呀！王木匠给他一根棍儿，让他像老太太拄拐杖一样往起站，好歹能站住了，可是无法行走。拄棍无法走，他就扶着窗台慢慢地移动，看来要想松开手，自由地走动，只有慢慢地练习。魏长生是有决心的，心想说不定老郎爷真的赏饭，有朝一日能行走如飞呢。

魏长生在没有戏的时候就用功地练习踩跷，他从早晨绑上木跷，练功，走路，一直到晚上睡觉才解下来。为了练习腿劲，他甚至在小腿上再绑上沙袋。他先练习在地上站立，站稳了再练走，走稳了再练跑，跑圆场。这一切的练习，魏长生都要达到极致。比如说站，他慢慢地从站在地面上进而站到桌子上，然后又站砖，把砖侧立起来，一脚踩一块，简直练成了绝技。不光双脚能站，他单脚也能站，会金鸡独立，会探海，还能鹞子翻身、劈叉、拧旋子。不光能跑能站，还能踩着跷打把子，对刀枪。果然是老郎爷赏饭，一对木跷真像是附了体。

剩下来的事必须和爱妻王秀玲商量，求爱妻帮忙了。白布缠绕捆绑的脚像个大萝卜，不好看，如何绑得秀气，得向王秀玲请教，探讨裹脚的奥妙。王秀玲给他缝了两条一丈长、二寸多宽的白布条，比一般的裹脚布长多了，可是要把脚缠牢在木跷上，必须要这么长。王秀玲帮他绣了一双花裤腿儿，系在小腿上，严严地盖住真脚，裤脚下垂，直到"小脚"的脚面，这样穿上彩裤以后，露出来的就只有"三寸金莲"了。三寸金莲还得穿上一双雪白的结实的布袜，当然，穿在木头小脚上的绣花鞋，也必须王秀玲来制作。

这对跷是枣木做的，枣木很结实，但是斤两太重，魏长生踩起来费劲。王木匠又找来一段榆木，一段核桃木，这两种木头比枣木轻些，也很结实，王木匠就拿榆木和核桃木又给魏长生各雕琢了一双木跷，还在三寸金莲的后跟上紧紧地镶上了小铜箍儿以防开裂。为了鞋袜穿得牢靠，王木匠说袜子的后跟和绣鞋的后跟都必须留一个小洞刚好从这木头的后跟穿过，鲁班子弟的用心就是细密。

跷功练熟了，魏长生在台上大出风头，凡是他演的小旦戏、武旦戏，他都踩跷出场，于是人们在魏长生演出的《戏凤》《斩貂》《打店》《挡马》《花鼓》《连厢》《别妻》《串戏》《卖胭脂》《打面缸》等戏里，看到了真正的"女人"，从头到脚光彩照人的女人。

金贵班的戏因此盖过了其他乱弹班。春风得意的班主侯庆山在老郎庙设"酒戏"，宴请在成都的高腔、昆腔、胡琴、弹戏等各路戏班的班主和大小"脑壳"，魏长生出场助兴，演出《花鼓》等戏，博得了同行的捧场喝彩。大家都羡慕魏长生的水头和小脚，可是到哪里找他那样的好丈人呢！

第九回 岳父母妙手成绝艺

第十回　魏长生再进北京城

不过好景不长，乾隆四十四年春天，正当魏长生在成都梨园大红大紫的时候，一场大旱灾夺走了天府之国的好光景。立春过后，成都盆地一连三月无雨，稻田无水，不能插秧，立夏一到，骄阳似火。从省城到乡间，从龙王庙到雷神庙，到处都在唱"雨醮戏"，可是龙王爷听过了戏，还是不给川人面子。田地龟裂，市面萧条，戏班也没有了生意，只好各奔前程。

魏长生回四川已经四年多，娶妻，生子，唱戏，伉俪情深，生活美满，可是他在午夜梦回时，也常常想起在北京的日子，想起离京时对三寿官、林兴官的许诺。尽管在成都也是唱梆子戏，可是常常会想起师父临终时说的话，万人迷坚信魏长生是一条龙，应该腾身入海，他说同州府池水太浅，只有到京城才能腾飞。魏长生心想，成都虽然是天府大邑，可并不是戏曲伶人理想的龙腾虎跃之地，一旦有机会，还是要回到京城去。时当荒年，必须离开成都讨生活，跟上金贵班外出北上跑码头，或许这就是个寻机会再次进京的好路子。

听说汉中一带年景尚可，金贵班准备到汉中觅食。汉中是当年诸葛亮北伐六出祁山的大本营，也是"盖板子"的老窝和南下的基地,汉中人把盖板子叫作"桄桄"。魏长生决定随班北上,金贵班不能没有他这个大脑壳。

成都用度花销大,灾年的日子不好混,王木匠关了木作铺,回到金堂,王秀玲带着孩子也回到了金堂,侍奉公婆。魏长生把几年的积蓄交给父母,母亲和王秀玲给魏长生设计缝制了一条新肚带,里面可以均匀地塞进些细碎的银饼,以备路途急用,真个是临行密密缝,意恐迟迟归。

很快就要上路远行了,魏长生夫妻难分难舍。金贵班是成都的坐城班,一年到头主要是在成都坝子演出,足迹不出百里。现在全班启动出外觅食,少不了风餐露宿,打地铺,睡庙台,前途茫茫,莫知终结。一想到要抛撇爱妻幼子,魏长生心里无比凄惶,一连几个夜晚都难以睡稳,王秀玲也是同样凄惶,强忍泪水。晚上魏长生夫妻抱在一起,缱绻缠绵,反复絮叨着同样的话题。

"三郎,此番离家,何时归来?"

"冲州撞府,前途未卜,短则数月,长则经年。"

"山高水远,何地返回?"

"或者翻秦岭,去西安;或者顺汉水,下湖广;最终目的,唯在京城。"

"京城繁华无比,郎君可会乐不思蜀?"

"家有高堂,贤妻幼子,单得一息尚存,长生必定还家。"

"京城青楼曲巷,烟花粉黛,男子岂不动心?"

"即便京城美女如云，心中唯有秀玲一人。"

"男人一旦成功发财，常有三妻四妾。"

"苍天可鉴：长生若负秀玲，五雷轰顶！"

每说到这一句，王秀玲就赶快捂住魏长生的嘴巴。她知道男人一旦有了钱，纳妾是常有的事，魏长生只要进京，十拿九稳会出人头地，挣银子不在话下，到那时，他再娶上个小老婆也不足为奇。她想不到魏长生真的是说话算话，一辈子都没纳过妾。

魏长生和王秀玲难分难舍，但是为了生计终须分手。送别的时候到了，魏长生乘航船去成都，魏崇贵全家和王木匠夫妇一同送魏长生到南浦。魏长生跪地，给父母和岳父母磕了三个头。魏崇贵长呼一声：

"三娃子早回来！"头一晕，身子一晃，险些摔倒，大儿子连忙将他扶住。

王秀玲抱着金哥，泪如雨下。

魏长生背上行囊，登上航船。

东风渐强，帆篷升起，还好西行是顺风。随着船家一声"开船喽"，航船缓缓离岸，此时魏长生耳旁似乎有一连串声音响起：

休归晚，

莫教人凝望眼。

但有日回到家园,
怕回来双亲老年。
怎教人心放宽,
不由人不珠泪涟!

原来是高腔《琵琶记》的戏词涌上了心头。

航船渐行渐远,秀玲抱着金哥跑到码头台阶最高处,向航船挥着手,渐渐地看不清魏长生的面目了。

又到了芒种日,金贵班出发了。

金贵班雇了一辆马车走旱路北上,马车上装着衣箱、行李和炊具,坐着的是班主侯庆山,其余的全班人马跟着步行蹽路。魏长生挑着的行李中,除了衣物铺盖还多了两样东西,一样是王木匠给他做的两对木跷,另一样是一包捆扎整齐的榆树皮刨花。

"写戏先生"打头阵,到前方去"找台口"了,有台口才有戏演。一个在成都的"坐城班",如今沦落成冲州撞府、浪迹天涯的江湖"路歧人"了。好在一路之上还有城乡财主,家有红白喜事,添丁进口,修坟祭祖,免不了请戏助兴;赶上大小庙会,酬神祈雨,也要演戏。前辈老祖宗敬奉的神仙真不少,风雨雷电、日月水火都是有神仙主管的,就是牛马家畜也有神仙,甚至还有麦姑姑、醋姑姑,就连管茅坑的都有一位厕神呢!各路神仙像人一样都有生日,每逢神诞寺庙里都有盛大的祭祀，少不了演戏娱神和酬神还愿。

从成都北上，一路上都是弹戏的天下，金贵班倒也不缺吃喝。虽然是在庙台的楼上楼下打地铺，睡稻草，自己打火做饭，众人也没有怨言。自古以来闯江湖的梨园子弟都是如此，住客栈吃酒席那只能是梦想了。

在留坝张良庙演过《浪子踢球》和《铁龙山》之后，侯庆山不想再北上翻秦岭了，他决定要走水路，顺汉水东下。沿汉江走了几天，大家就感到他这个决定并不高明，除了在安康有几台酬神的生意，再往东去是郧州的崇山峻岭，就不是盖板子的天下了，两岸都难以找到衣食父母。六月二十四是关圣帝君圣诞，金贵班好歹地赶到襄阳城，在山陕会馆的关帝庙唱了一天的庙台戏，第二天还应了一场堂会。

堂会主人李东堂是襄阳府同知，奉调进京到刑部做官，启程前做堂会，宴请告别襄阳的父老和同僚。金贵班应邀演出了《背娃子》和《清风亭》，魏长生扮演的表大嫂，李东堂很是满意。

李东堂是陕西蒲城人，喜爱听秦腔。他听说魏长生是同州名伶万人迷的徒弟，顿生同乡情谊，提出要魏长生跟着他进北京，路上唱戏解闷。魏长生同意，因为这是进北京的大好机会，他从来没有忘记离京前和三寿官、林兴官三击掌的约定。魏长生提出要带上二弦子王六，免得干唱，李东堂也答应。一旦失去这个大脑壳，金贵班将阵容大衰，所以侯庆山再三挽留，但魏长生去意已决，于是魏长生、王六和金贵班分手，自此天各一方。

魏长生和王六跟随李家的仆人一同食宿，把李东堂伺候得心满意足。半月之后，一行人来到了北京。

清朝惯例，外地官员进京上任赴职，没有专门的宾馆接待，都是要先在寺庙里暂住。李东堂在广安门内报国寺找到住处，送给魏长生几两银子。魏长生领着王六到前门外樱桃斜街，直奔双庆班。

此刻，双庆班班主三寿官正在发愁呢！去年立冬以来，双庆班似乎招了邪，焦心的事接二连三。旦角王喜官中了风邪，咳嗽不断，上不了台，郎中说是害了肺痨病，拖到隔年清明一命呜呼，双庆班像是断了一根大梁。再找一个能当家的旦角师傅谈何容易！三寿官当年也曾是一个能撑台的好旦角，扮相俊美，娟娟如十七八女郎，令人心艳，可惜嗓子不亮。王喜官病逝后，三寿官亲自出台，嗓子更不如从前，只能演一演《樊梨花抱枕头》之类的不用嗓子的做工戏，人们戏称之为"哑旦"。都说"一窝旦好吃饭"，现在双庆班里缺了好旦角，饭就不容易吃了，看客上座大减，戏班生计艰难，三寿官终日抱着个小茶壶叹气。

魏长生的突然到来，使他顿觉喜神从天而降，如久旱逢甘霖，他抱住魏长生肩膀，大诉离别之苦，大诉生计之难。魏长生听罢三寿官的一番诉说，拍拍胸脯，胸有成竹地劝慰三寿官：

"张爷莫要发愁，天无绝人之路。要是我入班，两月之内不为诸君增价者，甘愿受罚无悔。"

三寿官相信魏长生的人品，也相信魏长生的戏艺，但是要说短短的两个月是否能让双庆班起死回生，他还真是心中无数。魏长生问：

"林兴官呢？怎么不见人？"

"兴官在他丈人家的烧饼铺里。"

魏长生想起林兴官的丈人张二爷在门框胡同开烧饼铺，他能打二十一种烧饼，手艺出众，生意不差。三寿官说林兴官近来老是在他丈人铺子里泡，大概是想一旦唱不成戏了，就去跟着老丈人打烧饼。三寿官派人到门框胡同把林兴官叫过来，林兴官一见魏长生，忍不住涕泗横流，拍着魏长生的肩膀道：

"兄弟，你怎么才回来啊？可盼杀我了！"

"我也想你啊！"

"你再不回来，哥哥我真要去卖烧饼了。"

三寿官给魏长生和王六安排了住处，魏长生再一次成了双庆班的成员。三寿官领魏长生、王六和林兴官到煤市街一家川菜馆蓉和居吃饭，酒饭间，三寿官询问魏长生在老家的生活经历，感叹他的运气，魏长生关心的是这几年北京梨园的变化和当今戏园的情景。林兴官说，如今北京的戏园戏庄改叫"茶园"了，不再卖酒菜，只提供茶水点心，不卖筹码了，看座的会到座位上收钱。几年不见，园子里风气变化不小，旦角们不光是到官座送果盘了，而是在官座和池座串来串去，瞅机会蹭在客人旁边坐下，陪客人说话吃茶。他们有了一个怪名字叫"相公"，混得好了，客人会给相公赏钱。

有的相公有本事，会吟诗作对，会画几笔兰草，会行酒令，会弹琴，会各种玩耍，一些风流的豪客就会叫上这些聪明俊俏的相公陪酒陪玩。有的阔佬叫宠爱的相公陪酒一天，能给几十两银子，有的还把相公弄回寓所过夜，这些人就被叫作"旦癖"。为迎合旦癖所好，戏班子里旦角的年纪越来越小，十几岁的孩子会唱的戏不多，就全靠脸蛋儿挣钱了。说到相公，三寿官和林兴官都摇头感慨不已，有莫可奈何之叹。林兴官一拍魏长生的肩膀，开玩笑说：

"兄弟，可惜啊！你已经人老珠黄了。"

魏长生回敬一掌：

"哥哥莫开玩笑，咱们吃戏饭的，卖的是艺，靠的是戏。咱们还是谈正事。"

三寿官说：

"京都梨园龙争虎斗，现在依然是昆曲、高腔（京腔）、梆子三分天下。"

京城的梨园江湖确实没有大的变化。曲高和寡的昆曲班子还是不断地到北京来，还是用精美的折子戏努力争一席之地，茶园里昆曲上座不多，不过宫里的大戏还是用昆曲的。京腔班还是"六大名班，九门轮转"，宫里唱大戏也用高腔。梆子班的日子要好过些，最有人缘，宫里不用梆子，可是外城的百姓喜欢，它靠的就是一股俗劲儿。所以，如今高腔班和昆腔班为了适应京城百姓的纷杂口味，也杂演乱弹戏了。就像那个保和部，本来是昆班，如今分成了两部，一个是专唱昆腔的"文部"，一个是兼唱高腔乱弹的"武部"。最近还来了一个"文武集亨部"，也是个昆乱兼唱的班子。有人看到雅俗戏班争过来争过去，争不出什么好结果，大家还是以和为贵，不如合在一锅吃饭的好。

说到宫里的大戏，三寿官说当今皇上是一个天大的戏迷，听人说他叫文臣刑部尚书张照亲自动笔，把一些故事戏串编成专门给皇上和皇亲高官看的玩意儿。把中元节上演的目连救母《劝善记》的故事，编成了十本二百四十出，可连演十天的大戏，叫做《劝善金科》；一个《西游记》也编成二百四十出，叫《升平宝筏》；三国故事编成《鼎峙春秋》，水浒故事编成《忠义璇图》，都是二百四十出的大戏。不过，这些大戏只能在皇宫里专门修建的特别的大戏台上演出。宫里的戏台是什么样的？这些大戏怎么个演法？都是听昆腔班和京腔班的人说的。宫里的南府太监不够用了的时候，也选召他们进宫扮戏，因为昆腔和高腔都是唱曲牌的。梆子班没有这种殊荣，只能听他们从宫里出来吹吹牛，显摆显摆。其实，这种大戏不是天天演的，只有在皇上的万岁节、皇后娘娘的千秋节和专门的节日庆典才上演全部或一部分。北京城的万众百姓可是天天要有戏看，茶园才是戏子的天地，昆腔和高腔的伶人，最终还是得进戏园子和梆子戏争夺看客。在茶园里，梆子戏已经可以和昆腔、高腔平分秋色，但实际上，梆子戏的看客比昆腔、高腔还要多上几成。

商量双庆班如何解困，魏长生似乎已胸有成竹——其实只有简单的一句话，就是把戏演好。他和三寿官数一数双庆班的家底，且角较出色的只有杨五儿，可是杨五儿太年轻，会戏不多。双庆班能演的戏也太老旧，好看的新戏几乎搬不出来。在成都梨园已经有过"大脑壳"身份的魏长生，相信用自己的实力可以改变这种状况，所以他敢放出两月为期为双庆班增价的大话。他对三寿官提出要求：

一、三天后出台，明天先贴出报条声张。

二、报条上要写"秦腔名旦魏长生回京，老戏新演，与众不同"。

三、专用王六的二弦子为自己托腔伴奏。

四、从明天起，每天上午说戏。

三寿官一一答应。

魏长生立即着手做出台的准备，五年没来北京了，抖擞上阵，必须先温一温场子，锣鼓一响就得让看客先尝到一种新鲜味儿。他和三寿官商量：

"还是先唱几出老戏,就先唱《卖胭脂》吧,这是我当年来北京唱的第一出戏。"

三寿官问魏长生:

"这出老戏都是唱滥了的,谁人不知?谁人不会?如何出新招儿?如何'老戏新演'?"

"您就等着瞧吧!"

魏长生自有主张。他早已改变了《卖胭脂》原先那种昆梆的唱法,把笛子伴唱的长短句的唱词改成了乱弹的七字句、十字句,亲自生腔定板,王六二弦子伴奏。他让三寿官先听听,三寿官一听,味道果然大不一样了。

"三天后,您再看我扮的王月英。"

魏长生告诉三寿官和林兴官,自己还有梳水头和踩跷的两种新招儿,二人一听,都说有这两招一定能把茶园惊爆。商量过后,三寿官和林兴官信心大增,只等三天后看魏长生的新鲜了,当然,《卖胭脂》的郭华还得林兴官扮演。

魏长生到门框胡同的木匠铺讨来几片榆树皮刨花,用热水泡出胶汁,装进一个小坛子里,把现成的假发泡在胶水里备用。

出台的日子到了,吃罢午饭,魏长生早早地带着王六到同乐轩,双庆班仍然在此做场。进得门来,闻不到当年的醋味和辣子味了,满大厅飘浮的是一种茉莉花茶的清香,难怪"同乐轩"改称"同乐茶园"了。魏长生和王六来到后台戏房，先拜了老郎爷，然后开始化妆，头上的梳扎，是必须要王六帮忙的。

魏长生脸上打好了粉底儿，拍了腮红，搽了胭脂，画了眼圈，描了眉毛，点了樱桃小口。又勒头，把两只眼梢儿吊起，显得格外精神。之后开始贴片子，他把榆树皮胶水泡透了的黑发刮成片子，把七个小片子盘成小弯儿，贴在额头，把两条大绺片子贴在双颊，再请王六帮忙用绸带把片子在头上勒紧，然后勒网子，包水纱，插戴水钻头饰。容妆完毕，又开始绑跷，木跷、跷鞋、袜子、跷带、裤腿儿都是事先准备好的，一霎儿工夫就绑扎停当。彩裤也是魏长生自己专门制作的，只让衣箱师傅给配了一件小袄，就穿扮齐整了。

林兴官到来时，一见这光彩照人的魏长生，不禁大叫一声：

"啊呀呀！你可是王月英小大姐吗？真真地爱煞小生我也！"

魏长生从门帘缝里往座位上瞅瞅，只见官座和池座都坐了约五成，这都是头天看到报条，想看看魏长生如何把《卖胭脂》"老戏新演，与众不同"的梆子老戏迷。

小锣声中，王月英出场，还未开腔，先是一个亮相：满头珠翠，罩着乌黑油亮的头发，樱唇柳眉，闪动的眸子，鲜嫩的面孔，娇艳欲滴。单是这黑亮的额发和鬓发，就惊呆了座上的客人，只听得一声"好"，把栖息在楼顶上的鹁鸽惊吓得扑棱棱飞了起来。

王月英开唱,伴奏的不是笛子,而是二弦子,王六拉起来"咿咿唔唔"就像说话一般,这也是看客们闻所未闻的,因此她唱一句便得一个"好"。

演到郭华说"她的容貌虽佳,但不知她的脚儿大小",故意地要王月英到货架顶头取胭脂时,王月英说:"这也不难,待我取来就是。"只见她双脚一蹦,上了椅子,特意做了个"金鸡独立",背对着观众把一双"小脚"故意地轮换展示了一番。

看客们惊艳地发现,王月英的脚下居然是红缎子绣花鞋包裹着的一对三寸金莲!此时官座和池座都像炸开了锅,叫好的,拍桌子的,嚷成一片。官座上的一位客人得意忘形,举手一拍茶几,不小心把茶碗的盖儿敲蹦,茶水溅到楼下,惹来一阵臭骂。

北京的茶园里谁曾见过这种女人的"小脚"?所以爆发了这般惊艳的轰动。

一出《卖胭脂》果然是"老戏新演,与众不同",使得同乐茶园的主人和三寿官大为开心。

《卖胭脂》演完,加演《阴阳河》,说的是一个人鬼情恋的小故事。山西平阳商人张茂深和妻子李桂莲中秋赏月,醉中合欢,秽犯了月宫,李桂莲遭天谴,魂归地府。阎王罚她在阴阳河挑水百日方可还阳,以涤犯月之秽,并命她与阴阳鬼官倪木结为百日夫妻。张茂深经商路过阴阳河，正逢李桂莲挑水，夫妻相认。倪木归来，李桂莲假称张是胞兄，倪木偕张茂深同回山西。百日后，李桂莲还阳，夫妻团圆。

这出戏，以李桂莲的魂步圆场和耍担子出彩。魏长生以小旦扮李桂莲，踩跷出场，肩上一根柔软而富弹性的竹扁担，挑着两只水桶。魏长生踩跷运步，表演慢步、跑花梆子、跳跺子、退步、背担、换肩、闪担、转身等一系列动作，平稳自如，扁担都不用手扶，像漂浮在水上，优美极了。

北京的戏迷们第一次看到魏长生踩跷和耍担子的功夫竟能如此出神入化，这是在昆腔班和高腔班的台上所看不到的。

第二天继续贴出《卖胭脂》和《阴阳河》的报条，上座就不止五成，而是七成了。第三天，戏码不变，官座和池座已经客满，周围还来了不少听栏杆戏的。

第十一回　演《滚楼》秦腔盖京都

接下来唱的是《戏凤》《斩貂》《花鼓》《连厢》《打店》《挡马》,魏长生无不以新颖的装扮和精彩的表演把北京的戏迷折腾得神魂颠倒。

光唱老戏也不行,天下人都是好新慕异的,双庆班决定推出新戏。

凡是演新戏,都是要有当家的师傅来"说戏"的,主要是确定故事,解释人物,规定唱词,安排唱腔,设计身段,找"俏头"等。说戏的师傅常常是要和角儿一道商量,一起琢磨"捏"出戏来。魏长生在成都的几年,在金贵班一直处于大脑壳的地位,在场上说一不二,他的主张就是全台的主张,无人敢不听。由于做戏用心,加上天生的好记性,魏长生不仅能扮演自己的角色,而且熟悉别的角色的台词和身段,整本戏能"抱总讲"。

从魏长生的言谈,三寿官看出今日的魏三已非当年的魏三,处处显示出大将风度,他既然要说戏,自然是有把握的,几本老戏的旧戏新演,已经证明魏三确实有说戏的能力。

有三寿官发话,魏长生立刻组织人马,要说新戏了。他要说的是《蓝家庄》,其实这也是老戏新演。

魏长生在成都时，唱过一本盖板子《双婚记》。故事是骊山老母的弟子张金定下山时，师父告诉她与王子英有一世姻缘，她记在心里。有一天，张金定对父亲张克浪说，天朝的大将王子英要来了，让父亲在庄门等候，并向王子英提亲。王子英爱上了张金定的师姐高金定，在一场误会中被高金定打败，高金定一直追杀王子英到庄门。张克浪将王、高二人分头让进家中，用酒灌醉。王子英酒醒，发现与高金定同居一室，即偷了高的绣鞋。高金定醒后，不见了绣鞋，向王索要，两人对打，滚到一起。天亮后，张金定叫高金定下楼，高金定叫张金定上楼来。张克浪来找女儿，见王子英和高金定互相抱住在楼上滚成一团，就促成了他们的婚姻。张金定上楼后，也提出与王子英的天定姻缘，二人同入罗帐。故事并不新奇，可是有高金定和王子英的一场双枪对打，和男女相抱滚楼的艳段，煞是好看。

魏长生还看过一本陕西西府秦腔的《滚豌豆》，故事有些相近。说唐朝时黑水国侵犯边境，唐王派王子英领兵驰援。王子英途中遭到高家山上高龙、高虎兄弟的阻拦，杀死了高家兄弟。女大王高金定闻报，下山为其两兄长报仇。王子英战败，逃到杜家庄，庄主杜公道将王子英藏到女儿的绣楼。女儿杜秀英与高金定有金兰之谊，邀高金定至家，也安置在绣楼上。父女二人分别把王、高灌醉，同放一室，怕二人醒后继续拼杀，杜公道在楼板上撒满了豌豆。王子英和高金定醒后，二人在布满豌豆的楼板上跌打滚爬，结果因跌打而生爱，终成婚配。杜秀英来叩门，高金定拉杜进门，自己出门把房门反锁，于是王子英和杜秀英也成就了好事。王、高合兵，剿灭了黑水国，得胜还朝。

这几年，魏长生的脑子里一直在琢磨，如何把南路秦腔盖板子（弹戏）和西路秦腔的这两本戏糅合到一起，再做些调整，使之更顺人情，更能揪心，演出来更加好看，现在他的想法可以实现了。

他思来想去，决定把唐朝的高金定、张金定和王子英这"两个女人和一个男人"的艳丽的故事提前一千多年，和人们熟悉的春秋时代伍员复仇的故事捏合到一起。他把人物、地点、时间及剧情做了适当的改动——伍员为报家仇率吴兵伐楚，途中遇到一个少年将军抵抗，被他打败，后来才知道这个小将乃是伍家仅存的孤儿名叫伍辛。伍辛献关，转而做吴军先锋领兵攻楚，斩杀了楚将黄虎。黄虎之女黄赛花武艺超群，为报杀父之仇，与伍辛拼杀，伍辛受伤，逃到蓝家庄。庄主之女蓝秀英为伍辛调药疗伤，并自愿与伍辛成亲。第二天，女将黄赛花赶到，蓝秀英把伍辛藏到自己的卧室。黄赛花与蓝秀英有金兰之谊，秀英殷勤接待，用酒将她灌醉，也扶入自己卧室，反锁了房门。黄赛花酒醒后，发现已经失身，怒而拔剑杀伍辛。伍辛连跪带滚，黄赛花翻滚追杀，二人滚作一团，抱在一起。蓝秀英开门，对黄赛花说明伍辛是忠良名将伍员之子,也有家仇在身。待弄明白了身世原委,黄、伍彼此发现可同情之处,由仇恨转生爱意,一对冤家放弃了仇恨,反成爱侣。最后,黄赛花和蓝秀英双双嫁给伍辛为妻。

魏长生对这个新的安排是很有自信的,他决定自己扮黄赛花,林兴官扮伍辛,三寿官扮蓝秀英。戏里有两个以功夫讨好的关目,一是黄赛花和伍辛的金刀对银枪开打,一是黄、伍的楼板翻滚,对魏长生来说这都不难。需要特别用心劲儿的关键,是如何把黄赛花由恨到爱的复杂的感情变化,恰如其分地表现出来,对此,魏长生也是心中有数的。至于如何安排唱段更不在话下,有王六的二弦子保腔是不会有差错的。

听罢魏长生的讲述,三寿官和林兴官都表示赞成。三寿官提议在魏长生说戏时让杨五儿在场,以作备用。三人商量已定,立即下场"捏戏"。三寿官、林兴官都是一点就透的,所以不到半个月,一本自出新意的《蓝家庄》就可以出台了。报条也商量定了,戏名就单写《滚楼》,单看这两个字,就能刺激人的好奇心和胃口。

选好了黄道吉日,《滚楼》开场。同乐茶园的官座和池座都坐得满满的,栏杆外也围了好几圈,因为三天前人们就看到了茶园门口的报条。

黄赛花戎装,持长柄金刀出场亮相,盔头下露出的乌亮的黑发,战裙的靠牌子下露出的小脚,迎来一声"好"。伍辛持银枪出场,二人对阵开打。黄赛花小脚的圆场和翻身旋转十分快捷,穿厚底靴的伍辛显得有些跟不上节奏,人们想不到魏长生踩跷的功夫如此了得,报之以不断的叫好声。

正像魏长生预先设计的,戏演到黄赛花酒醉进卧房以后,茶座上的轰动渐渐进入高潮。

蓝秀英扶着酒醉的黄赛花进了床帐,接着把房门反锁。一对青春男女,干柴烈火,伍辛把持不住也钻进了床帐。随着锣鼓点的节奏,床帐一动一动的,激起了茶座上男人们的想象,一个个咬筋松弛,下巴耷拉。当黄赛花从床帐里出来时,见她只穿着内衣,领口已经解开,露出了美丽的锁骨和胸口的一抹雪白,这可是女子不可示人的地方。只见座上的看客们一个个兴奋得像要爆炸,齐声叫好,喊出的"好"声震动屋梁,灰尘唰唰落下。

黄赛花酒醒后,发现已经失身,她怒气冲天,拔佩剑寻仇人拼命。伍辛自感理亏,跪地求饶,黄赛花怎肯饶恕,凶狠地刺杀。伍辛为保性命满地打滚,击落了黄赛花的宝剑,两人徒手搏斗,拳打脚踢,扑跌翻滚,双双滚搅到一起,由左滚到右,由右滚到左,做出了乌龙绞柱、鲤鱼打挺等漂亮的套路,茶座上潮涌般地喝彩。

纠缠的双方同时做了一个蜈蚣弹,跳起来互相攀肩勾脚开始角力,三两招过后,互相抱在了一起。伍辛拼力防守,黄赛花则拼全身之力要取仇敌的性命,正当她咬牙切齿之际,门外一声"住手",蓝秀英闯入,奋力制止这一对冤家的打斗。蓝秀英快速地讲明伍辛的身世和双方拼杀的误会，黄赛花耳听蓝秀英的劝解陈情，抓住伍辛的手慢慢地松弛泄劲。此时，黄、伍二人才感受到了对方的肌肤体味，呼吸到了对方的口鼻气息，四目对视，欣赏到了彼此容貌之美。黄赛花的心头瞬间萌发了异样的反应，抓住伍辛的手渐渐放松，待听完蓝秀英的叙说，发出"罢了"一声长叹，终于松开了双手，给了面前这个郎君一个"呀呀啐"！伍辛"扑通"一下跪在了黄赛花的面前。

　　茶座上炸开了锅，看客们惊天动地的叫好声，又一次惊飞了楼顶上刚刚归巢的鹁鸽，咕咕叫着在人们头上扑棱棱盘旋。

　　坐在下场门的官座上的两位看客早已准备好了银子，等待魏长生下场后来给他们敬烟敬茶时打赏。

　　《滚楼》的成功是魏长生意料中的，但如此火爆却是出乎他的想象。

　　《滚楼》轰动了同乐茶园的新闻立马传遍了北京四九城，搅翻了京城的梨园江湖。

　　第二天，双庆班还是上演《滚楼》，同乐茶园更加爆满。与往日不同的是茶座上多出了几位特别的看客，他们是来自保和昆班以及宜庆、萃庆、集庆、余庆、王府大班等几家京腔班的掌门人。他们闻讯而来，彼此拱手招呼，心照不宣，都是想探看这《滚楼》是何种神物，居然能让双庆部咸鱼翻身。

今天的同乐茶园比昨天还热闹，茶座早已坐满了，看客们还是不断地往里拥，只能听栏杆戏了。演到节骨眼儿上，"好"声雷动，最后众人尽欢而散。

这些戏班的掌班们一边看戏，一边琢磨，各人的心得虽不一样，但是有几点感觉是共同的——魏长生的头面化妆实在新鲜，实在好看，戏台上出现的"真女人"的美丽发式，家里的妻女恐怕也难有这般光彩；魏长生脚下踩的那双小脚实在美妙动人，让男人们很想伸手过去抓捏抓捏；至于故事的风骚，表演的煽情，更让人想入非非。

有了这些观感，他们心里像是压上了石头，感到自己戏班的生意正受到巨大的威胁。

戏场如战场，南北东西的戏班涌进了京城，都在寻找自己的饭辙儿，免不了各显神通，甚至于钩心斗角，戏班的掌门人心里都在算计着、勾画着北京街面上的戏园的光景和阵势。

昆班进京，深深感到北京人真的不喜欢昆曲，茶园上座的冷清使他们心底生凉，但他们还是怀着"雅正"的自豪感苦苦挣扎。北京人早已不喜欢动辄几十出的传奇，即便是搬演《长生殿》《桃花扇》，也不会再现康熙年间的那种盛况。他们想到了摘锦选粹，挑出一些折子，精雕细刻，也插演几出像《荡湖船》《花子拾金》《贩马记》之类的俗创戏。在豪门深宅的红氍毹上，昆曲还能挣得不菲的赏银；在茶园的客座上，也还有少量的文人雅士捧场；文人学士们簇拥的大清皇家，始终以昆曲为"雅乐正音"而给予优待。

北京人不爱长篇的传奇，皇家却不厌其长，偏偏要上演二百四十出的大戏，因此正阳门外的大小昆班偶尔还有应召进宫演唱的机会。所以尽管戏场冷落，昆班依然来来去去，坚守在北京的茶园。

京腔的日子比昆腔好过些。京腔也演传奇，有老祖宗传下来的"荆刘拜杀"、《琵琶记》等老底子，还有《草庐记》《古城记》等一批独有的看家戏。京腔虽然落地京城，却坚守着老祖宗弋腔的根本，不用丝竹伴唱，专用大锣大鼓和帮腔。这种唱法既自由又热闹，看似无法，实则有法，有很大的学问。前辈们又想出了高招，在难懂的曲牌子的长短句里，插进去七言、五言等齐言句子，变得通畅好懂了，其实这是向乱弹戏学来的。因为当年康熙帝的爱好，高腔大队人马进了京城，高腔有入乡随俗的好品性，适应了北京水土，沾染了北京人情，变成了京腔，所以才有了"六大名班，九门轮转"的今天。京腔一直受宫廷宠爱，宫里的大戏一向离不开高腔，北京茶园的三分天下，京腔稳占其一。

和昆腔京腔相比，后来的梆子腔真显得有些寒酸了。戏词俗，说的是大白话，表演粗糙，没有多少规矩，可是演的故事大多是家长里短，表达人情善恶，也讲说历史故事，满足人们惩恶扬善的愿望，人人能懂，人人爱听。和昆腔京腔唱曲牌不同，梆子腔靠的是板式变化，一个简单的唱句，可以随着角色的情感变化而放慢、加快、翻高、走低、添字、加花；错落有致的清脆的梆子，呜呜动听咿唔如语的二弦子伴唱，也让人觉得别开生面。梆子戏撇开雅人的规范，走自己的路子。比如说，昆曲里的男女相恋，少不了"联吟""琴挑""传柬""偷诗""佳期"，那都是读书人的文雅勾当，俗人玩不来；在梆子戏里，一对男女在战阵上打一架，领略了彼此的功夫和能力，在刀光剑影的战场上就可以定下终身。正因为它的这种烟火气，反而吸引了平头百姓的兴趣，不过有地位的人士始终视梆子戏鄙俚无文，难登大雅之堂。谁知风水轮流转，今天北京梨园又闯进了这个魏长生。

五年前魏长生进京时，没闹出多大的动静，今天他再次进北京，梆子戏可就要翻江倒海了。你看魏长生那踩跷的功夫，你看魏长生那智谋，你看《滚楼》那故事，昆腔和高腔的当家人们，不能不对梆子戏刮目相看了。

揣摩了京城梨园的大势，昆腔班和京腔班的掌门人一个个忧心忡忡。魏长生的心里却非常踏实，而且满怀希望，眼前一片光明。

双庆班的报条上继续写《滚楼》。三寿官忙于各方的应酬，不再登台，蓝秀英一角就改由杨五儿饰扮，魏长生和杨五儿搭档配合得很顺利。杨五儿提出拜魏长生为师，学习他的梳水头和踩跷，魏长生慨然应允。萃庆部的刘冯官、保和部的郑三官、宜庆部的于三元、永清部的蒋四儿等昆班京班的红角儿，也带上礼物来登门求教，想探探魏长生梳水头和踩跷的奥秘。双庆班的生意越做越旺，在北京的其他几个梆子班也沾了双庆班的光，看客日多，秦腔在京城梨园风头无两。

《滚楼》一炮打响，三寿官兴奋异常。他希望魏长生天天唱《滚楼》，为的是同乐茶园好天天爆满，他可以天天和茶园分账时多分银子。

有一天散戏后，三寿官单独请魏长生到蓉和居吃饭。菜色丰富，有东坡肘子、水煮肉片、红烧兔头，还有麻辣肚丝，都是硬邦邦的川菜，魏长生吃得很开心。三寿官给魏长生敬了一杯"剑南春"，祝贺和感谢魏长生演出成功。他问魏长生：

"三爷，接下来的报条是不是再写几台《滚楼》？"

魏长生故意岔开话题问三寿官：

"你说东坡肘子可好吃？"

"好吃呀！肥而不腻，入口即化。"

"虽说是肥而不腻，可是如果天天喂你东坡肘子，恐怕也就把你腻住了。天天肥膘厚肉，浓盐赤酱，是要倒胃口的；天天唱粉戏，也会倒人胃口。"

"可是，你看这北京的三教九流都爱吃这一口儿啊！"

"那也不可。看客爱吃啥,你就喂他啥,日子长了也会吃伤脾胃,惹出大毛病,招来大麻烦。"

三寿官是聪明人,他领悟了魏长生的意思。饮食男女,儿女风情,人人都懂,平常人只做不说,戏台上却偏偏说出那么一点点,露出那么一点点,这就是所谓"粉戏"。人们一看它,就会想三想四,抓心挠肺,兴奋得像要爆炸。可是粉戏也确实不可天天演,"梆子戏骚情""伤风败俗"已经不是一天两天的街谈巷议了,舆情如此,天天演粉戏那是会招来是非的。三寿官赞成魏长生的说法:

"三爷说得对,人生在世不能只会骚情,咱们梆子戏里也不缺忠孝节义,不缺忠臣义士、侠客烈女、贤妻孝子。那么接下来的戏码怎么写?"

魏长生想了想,拍板说:

"下一张报条就写《庆顶珠》吧。"

两天后,同乐茶园的报条写的就是《庆顶珠》。魏长生旦扮萧碧莲,大净杨通官扮萧恩。

《庆顶珠》是一本梆子老戏。故事说的是梁山英雄遭高俅陷害后,多数死难,好汉萧恩逃得性命,流落太湖,打鱼为生。渔霸巴山蛇丁子燮倚仗官府势力非法勒讨渔税,天旱水浅,大鱼不上网,萧恩无力纳税,和丁府的奴才口角斗殴。萧恩到官府出首鸣冤,却遭太守杖责,并逼其向丁子燮赔罪。萧恩忍无可忍,携女儿萧碧莲黑夜过湖,杀死了巴山蛇全家。官兵追来，萧恩让碧莲带上与好汉花荣的儿子订婚的信物"庆顶宝珠"投奔夫家。萧恩自刎，萧碧莲一路奔逃，寻访未婚夫花逢春。她在朝阳观卖艺时与花逢春相遇，于是二人完婚。

戏虽是老戏，不过有魏长生出演，座位还是满满的。

上场门一挑帘子，魏长生扮萧碧莲出场，唱：

> 昨夜晚梦母亲一处歇卧，
> 猛醒来摸一把才是南柯。

池子里突然有一个大胡子高喊：

"脚，小脚！小脚呢？！"

原来魏长生没有踩跷上场，只是穿了一双彩鞋，这位老兄却是专门来欣赏魏长生的小脚的。此时，一个年轻人跳起来大喊：

"你嚷嚷个屎！人家萧碧莲跟着她爸打鱼卖鱼，一双小脚怎能在船上劳作？怎能上大街奔波？"

戏场里池座和官座一下子闹哄起来，不少人喊着"看小脚"，他们进茶园大概就是要看魏长生如何表演小脚女人的三寸金莲的。魏长生听得清楚，差一点笑出声来。只见他从容地走起一段"花梆子"，接唱：

自幼儿随爹爹江湖走过,

不觉得浪大了两片大脚。

他还故意地亮了亮两只脚。听他这样一"解释",茶座上轰的一阵大笑:

"对嘛!对嘛!大脚才对哩!合乎戏理。"

人们渐渐安静下来,不再议论萧碧莲的脚。戏演到萧恩带着萧碧莲出门,要到丁府拼命,萧碧莲回身道:

"爹爹,待孩儿回去把家门锁好。"

萧恩痛苦地长叹一声;

"好一个不懂事的冤家,你还想回来呀?"

观众都知道这对父女已踏上了不归之路,不禁感叹唏嘘。

戏演到后来《卖武》的一场,还有好看的呢!萧碧莲寻访未婚夫,一路卖武乞讨,她在朝阳观表演了几段武术,"朝天蹬"干净利落,"鹞子翻身"迅猛稳当,徒手打、刀枪花、夺刀、棍棒枪,种种表演叫人眼花缭乱。这时,看客们才知道为什么今天魏长生没有踩跷,才知道魏长生不仅把小女子的三寸金莲表演得出神入化,论武功也是十分了得。

此后,不论演什么戏,只要魏长生出场,茶座上总是满满的。魏长生有时踩跷,有时也不踩跷,单看扮的是谁人,演的是啥故事。

同乐茶园的报条上,有时仍写出《滚楼》,更多的时候写出的是《收妲己》《抱火柱》《金水桥》《烧绵山》《赶三关》《反五关》《反徐州》《打樱桃》《铁莲花》《香联串》《温凉盏》《梵王宫》《富贵图》《庆顶珠》《春秋配》《芦花记》《清风亭》《薛刚反唐》《安安送米》《三娘教子》等梆子大本戏，戏码三天一换，几乎场场客满。

眼看着双庆班每天和同乐茶园的分成越来越多，三寿官才想到当日魏长生说的"两月为诸君增价"，绝非胡夸海口。双庆班有了魏长生，不仅翻了身，而且增了价，若论庚子（乾隆四十五年）、辛丑（乾隆四十六年）间的京都梨园，征歌选舞者无不以双庆部为第一。

梆子腔的走红，夺了昆腔、高腔的饭碗，北京的戏迷一传十，十传百，百传千，都抢着看梆子戏，尤其抢着一睹魏长生的风采。高腔班和昆腔班做场的茶园里一下子就冷清下来，几乎无人问津了。因为爱听戏的贩夫走卒们手里的钱本来就不多，既然要听戏，那几吊钱就一定要扔对了地方，讲究戏有所值；衙门里的那些师爷公人们，一个月只有一两天的清闲，想听戏必须选对了园子，宝贵的时光不能白过；既有钱又有闲的富商大贾们，更是要选择最红的旦角名伶，抢占下场门。人心所向，各类戏迷争观魏长生，昆腔班、京腔班就门可罗雀了。

驻场广和楼的天香昆班，有一天开锣半个时辰，茶座上只有八九个人，不得已只好回了戏，全体旦角出场，鞠躬道歉送走捧场的客人。

广德楼上座的也只有十几人,京腔名班宜庆部的文武场面摆到门口拼命吹打,掌班刘麻子扯着嗓子吆喝:"好戏啊!大爷您请进!"可是行人望着他咧嘴一笑,大摇大摆地向不远处的同乐茶园而去。北京的戏迷不仅冷落了京腔,还编出了竹枝词:

> 脸胀筋红唱未全,
> 后场锣鼓闹喧天。
> 主人倾身摇头赞,
> 近日来听戏有缘。

> 小旦俱过强壮年,
> 鬃鬃黑丝满腮边。
> 依然打扮行筵畔,
> 膻气通身敬鼻烟。

宜庆部景况如此,其他几家京腔班景况也类似,一连半月,天天如此。北京人的态度如此炎凉两重天,原因其实也很简单:昆班和京腔班演出的都是传奇旧本,极少新意,且旦角又年龄老大,难以保留女性般的魅力;梆子班却有魏长生领衔,凡旧戏都能出新。魏长生演出的不仅有《滚楼》出彩,就是《铁弓缘》《香联串》《杀四门》《表大嫂背娃子》《富贵图》《春秋配》等新戏和老戏，只要魏长生登场，都充满了新鲜的情趣。何况还有他的梳水头，他的踩小脚，那都不是别人一天两天能学会的。因为有了魏长生，双庆班成了京城梨园第一家。

昆班无力和梆子争锋抗衡，只能自我安慰和发泄，给魏长生起了个外号，叫"野狐教主"，说他弄的玩意儿是"野狐禅"。

京腔班的刘麻子们也只能徒唤奈何。王府大班曾想出了一个艳招，推出"粉戏"以情色吸引座客。京腔名旦白二本来常常演出《潘金莲葡萄架》，但自从魏长生的《滚楼》出台后，白二《葡萄架》的观者就寥寥无几了，伤心挫败的白二从此不再演此剧。

王府大班更想出一个狠招，写了一个帖子说"《滚楼》伤风败俗，诲淫诲盗，人神共愤"，偷偷地贴在了同乐茶园的报条旁，又写了同一个帖子送进了五城兵马司衙门，告了双庆班一状。

魏长生再演《滚楼》时，同乐茶园池座最后面的角落里就出现了两个身穿灰大褂、腰别汗巾的捕快，他们就是五城兵马司派来的。谁知这俩哥儿们看到热闹处，和茶座上的客人一样地直眉瞪眼，耷拉了下巴，跟着高声叫几声"好"，然后悄悄地离座溜走了。

昆腔、高腔被束之高阁，艺人却必须吃饭，无戏可演，怎的谋生？有的昆班和京腔班的艺人就不得不到梆子班来求活路了，他们放下架子，跑跑龙套，扮扮宫女，也学唱几段梆子。好在梆子腔容易唱，台词也容易记，有昆腔京腔的功底，混碗饭吃并不难。不过更好的办法是把走红的梆子伶人邀进戏班演唱，那样雅俗荤素齐全，看客想看啥就有啥了。

第十二回　魏婉卿济困天寿堂

如果说从前人们听梆子戏，不过像是吃一碗羊肉泡馍，嚼一个肉夹馍，尝一笼莜面栲栳栳，领略一下山陕小吃的家常味道，那么，今天看魏长生的梆子戏，就像是品尝山陕大菜葫芦鸡、香酥鸭、过油肉、带把肘子了。

魏长生名声日火，身价日增，光阴荏苒，转眼过了一年。初来时，双庆班里的前场后场跟着三寿官叫他"魏三"，如今三寿官改口称呼他"三爷"，大家也就跟着叫他"三爷"了，而且还给他一个梨园界的习惯称呼，在名字下边加一个"官"字，称之为"魏三官"。魏长生每天散戏后，都有一辆马车在茶园的后门等候，豪客预约请魏三官下馆子，这种待遇很叫同行们羡慕嫉妒呢！

与男旦交往是当时流行于士大夫间的一种风尚，凡是色艺出众的年轻旦角，往往成为风流雅士们追逐猎渔的对象。有的情之所钟，士林也不以为耻。像大名鼎鼎的状元公毕沅当初在进京会试未第时，与宝和班的旦角李桂官交好，还得到过李桂官的资助。乾隆二十五年，毕沅中了状元，李桂官就被人称作"状元嫂""状元夫人"，一时传为美谈。

魏长生出了名，成了京城的"万人迷"，不仅在茶园献艺，也走进了豪门显贵之家。王公大人当然物色恐后，甚至皇上身边的大红人、权倾一时的和珅也看上了他。魏长生与众不同的是自律甚严，他牢记着师父万人迷"洁身自保"的教导。万人迷是一位近乎出家戒僧的规矩人，虽然是扮演妇人的戏子，却绝不进出秦楼楚馆。出于对爱徒的厚望，他谆谆告诫魏长生绝对不要和花街柳巷的青楼女子纠缠。魏长生亲眼看到有的弟兄染上脏病，害了痨疮，误了终生，所以他谨记恩师的教诲，自律自爱，绝不寻花问柳。他也和王公大人们周旋，心里却始终把握着分寸，何况他已经是年过而立的大丈夫，不同于十几岁的小"相公"，不过进出豪门，陪酒侍宴，免不了就有风言风语传出来。

最先邀魏长生唱堂会的，是那位蒲城的李东堂，他进京后升任刑部郎中，在宣武门外租住一所大宅。他一直记得在襄阳时相中的这个戏子，魏长生走红了，李东堂逢人便自夸慧眼识珠，伯乐识马。

堂会的赏赐不同于茶园的分包银，只要主人开心，动辄会赏银数十两，甚至上百两。

北京有许多山陕商帮兴建的会馆——三晋会馆、平阳会馆、平遥会馆、潞郡会馆、浮山会馆、晋翼会馆、临汾会馆、颜料会馆等。山陕会馆经常有关帝庙会，其实就是山陕商人的聚会宴饮，给关老爷唱戏更少不了魏三官，山陕商人花钱听戏一点都不吝啬。

魏长生有了名，也有了钱，在隆盛盐号的柜上存了不少银子。他不再住双庆班的大下处，而是在粮食店街的南头路西（西珠市口路北）的惠济祠买下了个一进的小四合院。这个四合院门口有一对石头门墩儿，院里种着两棵石榴树，树旁摆放着一个很大的养金鱼的陶缸。魏长生对这个院子相当满意，自己住了正屋，让王六住西厢房，为的是随时研磨唱腔。"凉棚、鱼缸、石榴树，先生、肥狗、胖丫头"是北京城殷实人家的标志，肥狗是应该养一条的，可以守夜看门，到夏天院子里肯定要搭起一个凉棚，只是还缺少一个开关大门的胖丫头。

魏长生入住不久，胖丫头就送上门来了。宜庆部的旦角李香官的小妹妹翠儿丈夫病亡，新寡在家，李香官见魏长生在京身边没有家小，就托人说合，要翠儿给魏三官"铺席暖脚"。一说到铺席暖脚，那意思是很清楚的，就是给魏长生做妾，要么做个贴身使唤丫头。

魏长生走红了，手头很宽绰，本想把妻子和儿子接来北京，可是家中父母年迈多病，需要儿媳侍奉，更不愿孙儿离开膝下，王木匠夫妻也不肯让女儿远离，接妻小的事就一直拖下来了。但魏长生从来也没有忘记过分别时对妻子王秀玲发下的誓言，他回答李香官说：

"家有糟糠之妻，江湖漂泊之人也以义气为重，绝不纳妾。"

当然，让翠儿做个端茶倒水、铺席暖脚的贴身使唤丫头还是可以的。李香官把妹子送进魏长生家，还有一个目的，是要借此关系向魏长生学踩跷，学梳头，学唱梆子戏，魏长生当然也答应了。于是，李香官就领着翠儿进了魏长生的门。

魏长生一看，翠儿年纪十八九，身体壮硕，真是一个身大力不亏的胖丫头，从此家务饮食有人料理，魏长生的日子过得就更加舒坦。翠儿会做饭，能做出一桌八大碗的京味家常菜，只是缺少魏长生喜欢吃的川味。魏长生花了五两银子，请来蓉和居的大师傅教翠儿做川菜，之后家里的饭桌上就时常有水煮肉片、辣子鸡丁、辣椒炒肉、酸菜鱼了，小院里经常飘散着一股浓浓的麻辣味，魏长生离不开的王六当然也跟着一起享口福。

至于家塾先生，魏长生并不需要，可是比家塾先生更高雅的人士找上门来了。在四川会馆的一次堂会上，两个客人看过魏三官演出的《滚楼》，对梆子戏产生了极大的兴趣，他们一个是宛平县学的教谕李笑山，一个是《四库全书》的抄写王子文。二人听魏长生说刚刚搬家到惠济祠，就相约来祝贺乔迁之喜。翌日，这二位雅人提着礼盒，敲响了魏长生的家门。

李、王二人的到来，魏长生大有蓬荜生辉之感，把客人让到上座，叫翠儿上香茶，宾主互相恭维一番，互表仰慕之忱。

李笑山祖籍成都，举人出身，四十多岁，是一位言规行矩的举人。教谕是个八品闲官，除了生员考试和文庙的春秋两祭时比较忙碌些，平日是很清闲的。有人说梆子戏伤风败俗，这位以正风俗为己任的教谕反而想看看这梆子戏到底是什么玩意儿。他听说魏长生的《滚楼》大有可观，好几次想去同乐茶园一探究竟，但始终没敢去，因为怕被县学的生员看见，县学的秀才们也有偷偷进茶园听戏的，一旦碰面那将无比尴尬，直到昨天才在四川会馆得以大饱眼福，禁脔一食，便欲罢不能了。今天他放下教谕的身段，找到魏长生的门上，要亲近地看看这个黄赛花。

王子文是大兴人，三十多岁。他能进四库馆担任抄写，凭的是一手好字。由六阿哥爱新觉罗·永瑢和大学士纪昀先后领衔的《四库全书》编纂已经过了八个年头，从全国征集来的图书，该删的删过了，该改的改过了，该烧的也烧过了，剩下的进呈皇上御览过的，就要精工抄写，先抄好四部。担任抄写的人员开始是由保举而来，这就有开后门行贿的；后来向社会招募，应征者当场写字，择优录取；再后来又想出了一个好招儿——从乡试落第的秀才中挑选其试卷字迹匀净者予以录取。王子文参加顺天府乡试落榜，但是他的试卷写的一手馆阁体的小楷十分漂亮，就被四库馆录用了。四库馆里每天都有六百人从事抄写，每天定额抄一千字。抄写人员五年期满要做考察，抄写达二百万字者列为一等，抄写达一百六十五万字者列为二等,可分别授州同、州判、县丞、主簿等四种官职。当然,发现字体不工整者,也要记过一次,还要罚写一万字。王子文已经抄写了三年,从来没受过处罚,将来得官有望。抄写工作很严谨,很辛苦,每月只有朔望两天放假,王子文趁假日到茶园散心,看过《滚楼》后就对梆子戏上了瘾,在四川会馆再看《滚楼》,就更想亲近魏三官了。

今天见到了洗去粉墨的名旦,李、王二人都盛赞魏长生技艺的神妙。魏长生谦逊地说:

"二位爷过奖了,都是祖师爷赏饭罢了。"

李笑山说:

"今日初次登门,无以为礼。李某有一言进献,祈望斟酌。"

"不知李爷有何指教?"

"京都名伶多有文雅的字号,魏爷盛名满京城,何不也从众而取一雅号?"

魏长生受宠若惊,虔诚地说道:

"江湖只唤我'魏三''魏三官',即请李爷赐名号。"

"你看'婉卿'如何?"

王子文拊掌赞曰:

"妙啊!婉卿,婉卿妙啊!既合乎旦角身份,又一脱俗伶的粗野。"

"多谢李爷！今后魏三我就大名长生、字婉卿了。"

魏长生对李笑山深深一拜。李笑山说：

"婉卿，在下还有一言进献。"

"李爷请赐教。"

李笑山郑重地道：

"如今北京的梨园名家宅子都时兴立一个堂号，像深山堂啊，慕德堂啊。婉卿乃当今梨园翘楚，何不给贵府立一个堂号？"

王子文立马附议：

"李爷此议甚善，应该立个堂号。看来李爷已胸有成竹？"

"天寿堂，天寿堂如何？"

魏长生又深深一拜：

"就叫天寿堂。尊天之命，增人之寿。"

李、王之来，有如锦上添花，从此魏长生就是天寿堂主人魏婉卿了。

王子文自告奋勇为天寿堂题写门匾，三人约好半月后中秋节在陶然亭小酌，魏婉卿做东。

八月十五日，魏长生用食盒提上备好的京城名酒菊花白和四样凉菜——天福号肉铺的酱肘子、松仁小肚、酱猪蹄、酱猪肝，还有六个芝麻烧饼，早早地来到陶然亭，等候李笑山和王子文。

秋天的陶然亭，蒹葭苍苍，岸柳萧疏，不时有苍鹭从芦花深处飞起。魏长生登亭，凭栏四顾：北边是栉比鳞次的市廛，罗列着京城十万人家；东边烟火升腾，那是烧制陶器的窑台；西边是一片荒地，长满了齐腰深的荒草；举目南望，不远处是一列雉堞齐整的城垣，城外是无垠的田畴；遥远的天边，云山尽处就是数千里之外的故乡了。

魏长生想起了远在金堂的年迈的父母、贤惠的妻子和稚嫩的小儿。弹指间，他离家已经三年了，北京的岁月可说是步步登高，他应该寄一封家书，告慰家人，如今信封落款寄信人的住址，要写"北京正阳门外粮食店街南端天寿堂"了。

不多时，李笑山和王子文携手到来。李笑山一边拾级而上，一边嘴里还吟诵着：

"白露下，初月上，陶然一适——这是厉鹗先生的好句啊！"

王子文也显得特别得意，他说：

"前次造访贵府，李爷锦上添花，今天子文也出点小力。"

他从提篮里取出一卷宣纸，是写好了的"天寿堂"三个大颜字，这是给魏长生制匾用的。他恭恭敬敬地奉上，谦虚地说道：

"敬请婉卿指教。"

魏长生深深一躬，双手捧过，谢道：

"子文先生墨宝，为寒舍增光。"

魏长生和李笑山齐口赞美王子文书法的精妙。王子文又打开包袱，取出一函书来，说道：

"这件宝贝，请婉卿娱目雅玩。"

他小心地抽开牙签，展开函套，李笑山高叫一声：

"呀！《石头记》！"

原来这是近来北京坊间的才子们传抄的脂砚斋评点《石头记》（《红楼梦》）。北京竹枝词云："开谈不说《红楼梦》，纵读诗书也枉然。"李笑山早听说有此书，可是一直不曾亲眼见过，他请求王子文：

"果然是宝贝！王兄可否借我一阅？"

"且慢。此书是我从朋友处借来的，先给婉卿读过，半月后是要还给我的。待我完璧归赵，再设法重新借过来，共同品读。"

王子文知道魏长生识字知书，才想到借来此书给魏长生读一读，以联络友情。魏长生得书，如获至宝，连忙道谢。王子文说：

"《石头记》本来是一部禁书，因为此书有影射时政之嫌，还有男欢女爱的描写。所幸《石头记》在四库馆碰上了和珅和大人。有人悄悄地把这部奇书送给和大人审阅，和大人花了几天时间，夜以继日读完，夸曰：'好书，一部不可多得的好书。'如何能让此书审查过关？和大人有办法。听说皇太后卧病在床，和大人每天都进宫慰问探望，请安后，他打着为皇太后消遣解闷的名义,每天把这《石头记》给太后讲上一段,太后听得十分满意。听过了美妙的故事,太后的病就渐渐地见好起来。病愈后,她仍然要求和大人每天给自己讲上一段。后来,皇太后已经不满足和大人每天讲一段了,而是直接让和大人把《石头记》的书本呈上来,自己阅读。和大人趁机对太后说:'《石头记》乃千古第一奇书,无奈被冤枉列为禁书,真是可惜!'太后深以为然。皇上得信后,很快就命和大人对《石头记》重新审查,也亲自看了《石头记》,爱不释手,于是降旨为《石头记》解禁。小弟也认为此书遭禁是不公正的,只不过说儿女、谈风月而已,实则天地间不可无一、不可有二之作。日后还得请教谕李大人把它评说评说。"

听得王子文一番议论,李笑山说:

"既然是说儿女,谈风月,那么婉卿读后是否可改成戏文,搬上氍毹?"

王子文说:

"恐怕不成。我读过此书,见书中有大量诗词歌赋,有无穷的学问。听说有几位明公大人已经把它改成了昆曲,写出了本子,恐怕也未必能传达此书的真趣味,真精神。"

"既然如此,我更要拜读了。"魏长生说。

"此书借来不易,婉卿千万珍视,半月之后我来取回。"王子文认真叮嘱,魏长生唯唯答应。

魏长生找了一张圆桌，三人就座，饮酒闲聊，天马行空，无拘无束。李笑山是蜀人，也带来了在川菜馆买的卤鸭子、冷锅鱼、冷吃兔、钵钵鸡，都是川菜冷盘。三人对酌，酒酣耳热之际，李笑山又提出一个好主张，他欣赏着王子文写的"天寿堂"三个大颜字，正色言道：

"天寿，天寿，仁者寿。婉卿既已立了堂号，何不再进一程，做些慈善？积善积德，方是顺天正理。"

魏长生说：

"长生也正有此意。亚圣曰：'老吾老以及人之老，幼吾幼以及人之幼。'梨园子弟尽有贫病潦倒者，亟需帮扶救助。长生如今温饱有余，小康不虞，已有余力扶危济困。"

"婉卿此意甚善，但不知如何做起？"王子文兴致勃勃。

"西邻乃一废宅，几两银子即可盘下，稍加修葺，仿会馆之例建一公所，梨园同业可在此聚会，落难伶人也可暂时栖身。长生还可号召同行集资，在这陶然亭西的荒地上置买一块义地，无家可归的伶工皆可安葬于此，同行们地下聚居，不做填沟渠的孤魂野鬼。"

"婉卿此议，善莫大焉。此会馆名'梨园馆'如何？"

李笑山提议，魏长生和王子文都赞成。说干就干，一月之后天寿堂的右侧就建起了梨园馆，西墙上开了一个月洞门，两院连为一体。馆内正屋三楹，是议事之所，高悬"梨园馆"大匾，当然是王子文手笔；正案上供奉老郎神像，终日香烟缭绕；厢屋做客房，就像是戏班的大下处。开馆之日，锣鼓丝竹喧阗，多家戏班来贺，天寿堂主人成了梨园馆的主事人。

都说"好事不出门"，可是开设"梨园馆"的新闻很快就传遍了北京四九城，四面八方的穷戏子闻风而来，魏长生只能先接待四川籍的同乡。第一个入住的是泸州人张三，他是双升班的大净，扮判官时不慎从台子上摔下来，跌断了右脚。他自愿给梨园馆司厨做饭，魏长生欣然同意。接着来的有借住的，有借钱的，有求饭的，都是流落北京街头的梨园行的可怜人，魏长生都尽力帮助。魏三官乐善好施的消息很快传开，甚至成了街谈巷议的话题，粮食店街南头儿也成了丐帮群聚扎堆的地方，热闹事接踵而来。

三月里一天的清晨，春寒料峭，魏长生起身练功，在庭院里跑了一阵圆场，吊了几下嗓子，然后想到街上走走。他打开街门，顿时吃惊不小，只见门楼里倚墙蹲着一个年轻人。魏长生以为是一个乞丐，可是看他衣着整洁，脸上也洗得干净，又似乎是个读书人模样，便问：

"这位兄弟，为何在此？"

那人起身，鞠躬行礼，开言道：

"学生李文秀，四川成都人士。"

听他一口纯正的成都腔，魏长生知道又是一位同乡登门了，连忙把此人让进家门，问他为何落得这般光景。原来这李文秀是进京赶考的举子，名落孙山又没脸面还家见婆娘，他怕当"妻不下机，嫂不为炊"的苏秦，就迟迟没有动身回家，在北京街头徘徊了一月有余，本想寻个生理，但是身无长技，毫无出路和进项。屋漏偏遭连阴雨，有一天他在城隍庙的廊下打瞌睡，装在书包里的几两银子不翼而飞，这京城的小偷儿扒手太厉害了！李文秀身无分文，四川会馆也不让他住了。正当他一筹莫展的时候，听说这梨园馆接纳四川籍的穷汉，就想前来试试。

魏长生问明情况，对这位书呆子十分同情，听他张口就引苏秦典故，可见也是喜欢听戏的，至少是看过《金印记》的吧？他把李文秀领到梨园馆，给他吃了早饭，劝说道：

"李先生，你不是梨园中人，这梨园馆不是你居留之地。优伶虽是贱业，也须有一技之长。你不是吃这碗饭的，还是早些回老家吧，再不回去，你只能当郑元和，到卑田院跟丐帮学唱莲花落了。"

他送给李文秀十两银子，做回家的盘缠。李文秀感激涕零，千恩万谢而去。

此事又传了开去，传到了梨园行，也传到了会馆里。一天，湖广会馆的执事刘二前来找魏长生，说有一件奇事，魏长生一定会帮忙。原来湖广会馆旁边的万善寺的知客僧了无和尚说，寺里住进了一位从湖广麻城进京述职的县令吴树荫，是一位真正的清官。两轮外官考察，他都名列优等，这次述职之后，吏部选中了他，破格升任四川顺庆知府。这本来是件大喜事，吴树荫却犯了难。

清朝的县官每年俸银四十五两，禄米二十二石五斗。如果全靠这俸禄过日子，那是够清苦的，有的知县卸了任，连回家的路费都凑不够。不过大多数地方官的日子过得却很滋润，他们可以用种种招数"刮地皮"，因此俗谚云："三年清知府，十万雪花银。"当然例外也有，像明朝的海瑞，清朝的于成龙，那都是官员中的凤毛麟角，属于官场奇葩。麻城知县吴树荫偏偏就是一个谨守官箴、不受贿赂、不刮地皮的纯正官吏，微薄的俸禄仅够妻儿衣食无忧而已。这次升任顺庆知府，出京登程，一路舟车食宿虽有驿站接待，但是车马食宿费用是要自理的，他口袋里已经没有几吊钱了。

升官是喜事，可是置办官服却是一笔不小的花费，又是必需的花费。清朝法规，工部造织局给各级文武官员准备了制服，但是要穿戴这身行头都必须自己掏腰包。官服不便宜，有的新入仕途的穷进士，还有租用官服应场面的。吴树荫升了官，原先的一套知县的行头只能存起来做纪念，他却没有钱置办知府的官服——一顶凉帽，一顶暖帽，两套补服，一串朝珠，一双朝靴，就几乎要用掉他一半的年俸。吴树荫腰里没钱，官服费用只好向吏部挂账，将来在他的俸禄里扣除，这就像一把小刀子插在了他的肉上。

更尴尬的是他来京时穿的是棉衣，没有带单衣。现在换季的衣物无人给准备，他又无钱置办新衣，春去夏来，棉衣怎可穿得？接到吏部的文凭，按部规十日内必须离京赴任。吴树荫在京没有朋友，无人赠送"程仪"，即使有朋友，他也羞于开口借钱买衣服，于是唤来湖广会馆门口缝穷的婆子，给他把棉衣棉裤拆洗了，缝成了夹衣。谁知京城天气乍暖还寒，脱掉了棉衣又耐不得春寒，只好向了无和尚借来一领棉僧袍凑合穿两天。

刘二听和尚说起寺里住进的这个奇怪的穷官的窘相，深感清官的难为，就当作奇事来向魏长生诉说。魏长生也大为惊奇，感叹天下居然还真有一尘不染的父母官！

当天魏长生散戏之后，来到万善寺，见到吴树荫，说自己是四川金堂的戏子魏长生，要表达对即将莅任的父母官的敬意，请吴大人吃饭。吴树荫大为诧异，还没到四川地界就有川人请吃饭，他不禁提高了警惕，心想，难怪人道"天下未乱蜀先乱，天下已治蜀难治"，四川的刁民确实有些可怕，他们信息如此之灵通，我还没有上任，居然就有蜀人找上门来。

吴树荫正深感诧异间，魏长生从褡裢里取出一包百两的银子，双手奉上。吴树荫一见银子，怒喝一声：

"住了！你我素不相识，为何送我银两？"

魏长生一跪在地，说：

"小民并无恶意，恳请吴大人笑纳。"

吴树荫把魏长生扯起，厉声训斥：

"不管你是说情,还是告状,都不必如此。"

魏长生说明此来既不是说情,也不是告状,听说吏部新放的顺庆知府清风两袖,只希望尽乡民之谊,略赠行李之资。吴树荫闻言,才知道这戏子是要赠送衣物,哈哈大笑道:

"果然无不透风的墙,都是臭和尚多嘴!"

他问明情由,十分感动,收下银子,感叹说:

"这包银子足抵吴某两年的俸禄,借用十两足矣,日后定当奉还。"

他诚恳地问魏长生:

"魏君慷慨赠银,究竟何求于我?"

魏长生深鞠一躬:

"愿在吾乡做好官。"

第十三回　论戏道名旦遇名师

魏长生侠举义伶的美名传播梨园内外，嫉妒者虽骂他"野狐教主"，却无法阻挡他声望日隆。

魏长生出了名，登门拜师的人就多了起来。魏长生在梨园馆收徒教戏，四面八方的伶人就络绎不绝地找上门来。四川成都的陈银官来了，四川重庆的陈金官来了，四川万县的彭万官来了，四川绵州的于三元来了，这些蜀伶纷纷拜上门来，他们在老家原本是唱过盖板子的，就是出生于京畿的伶人如涿州的王五儿、大兴的苏喜儿、宣化的蒋四儿等，也登门拜师来了。

当然，魏长生收徒是不接受生瓜蛋子的，拜魏长生为师者都是入过门上过台的年轻人，魏三官只给他们加加钢，淬淬火。这些伶人一经魏长生指点，或顿悟或渐悟，各自都有长进。这些徒儿成群结队，堂而皇之学的都是魏长生的技艺，参的都是"野狐禅"，魏长生真的成了"野狐教主"。

魏长生的得意门生中，最出类拔萃的要数陈银官。陈银官是四川成都人，身材短小精敏，脸上微有雀麻，化上妆却是明艳韶美。他身上的功夫极好，"儇巧似猱升木，灵幻莫测"，表情丰富，"机趣如鱼戏水，触处生波"。他十七岁由四川进京，起初和魏长生同在双庆部，跟魏长生学《烤火》，时人有"青出于蓝"的评价。后来陈银官加入宜庆部，成为当家旦色，京腔班唱梆子，这样一弄，就京秦不分了。

魏长生不但轰动了茶园，为戏班增价，也进出词垣粉署，成为士大夫们的座上客。皇上有旨不许旗人到城外戏园听戏，可是王公贵族戏瘾难熬，魏长生唱戏时，官座上常有藏起顶戴而着青衣小帽的客人，也有人不习惯藏藏掖掖，干脆邀魏长生到家里唱堂会，关上门听个痛快，看个舒服。

魏长生不时地应堂会出入朱门大户，也就难免有人转托魏长生向贵人求助的，凡是有急难者，魏长生也尽力施出援手。有一天，天寿堂来了两位不速之客，说是陕西同州府白水县的乡绅，他们是托魏长生到刑部递状子的。

事情是这样的：乾隆帝在两川用兵，秦中地当交通要道，将士调动频繁，差粮徭役繁重，百姓不堪其苦。有白水县乡民王二，卖豆腐为业，其叔因摊派不公平，求助于乡绅，乡绅反被衙役打伤。王某向同州府控告县令，反被诬为盗贼，囚毙于狱中。白水县的缙绅皆为之不平，一大群举人和监生怂恿王二迭次上控。告到同州府，同州府不予受理；再告到陕西巡抚衙门，同样不予受理；无奈只好进京告状，试试请魏长生帮忙把状纸设法送进刑部，递交到能主事的官员手中。

听罢申述，魏长生也大为不平。恰巧刑部郎中李东堂家有堂会，魏长生专门唱了一出《贩马记·李桂芝查监》，就趁机把白水乡绅的状子递给了李东堂，李东堂又转给了大理寺的寺丞。经过刑部、都察院、大理寺"三法司"的会审，下文指令陕西巡抚重审此案，撤换了同州知府和白水县令，反复勘验，冤狱终于昭雪。因此，关中民间就有了歌谣：

七个举，八个监，不如行三一支旦。

意思是七个举人，八个监生，还不如魏三官这一个旦角管用。

魏长生唱堂会多，见识的大人物自然不少。办堂会的当然是有钱有势人家，论气质却大多是油腻庸俗之辈，他们听梆子戏，不过是老爷们儿寻快活，真正懂戏文、明戏道的委实不多。乾隆四十七年三月，魏长生在四川会馆的一次堂会中，终于见到了仰慕已久的四川大才子李调元。

既然是才子，就难免有些脱俗的个性。乾隆四十二年，湖南巡抚公文措辞失当，作为吏部文选司员外郎的李调元，认起真来竟不惧他是什么封疆大员，按规定不予画押。吏部尚书因此大发雷霆，在考察京官时给李调元评了个"浮躁"，解除其官职。

乾隆皇帝在审查吏部上报的拟罢官的十九人名册时，发现大都是因为年迈多病，唯有李调元年富力强，就询问汉官尚书大学士程景伊："李调元何事浮躁？"答曰："过于逞强。"乾隆帝一笑置之,诏令李调元继续任职。这皇帝佬儿倒是不糊涂,有些讲公道。

是年八月,李调元奉旨提督广东学政,临行前皇帝召见,应对中肯,皇帝再三勉励。乾隆四十六年底,任满回京复命。乾隆四十七年正月二十七日,皇帝又在勤政殿召见李调元,问起广东总督、巡抚以下官员事,李调元如实对答,皇帝十分满意,第二天李调元就擢升直隶通永兵备道,驻节通州。

闻知李调元放了道台,四川同乡祝贺,就在四川会馆办了堂会,把声名赫赫的李大人的同乡蜀伶魏长生邀来唱戏。

戏码是请李调元亲点的,一折《富贵图·烤火》,一折《春秋配·捡柴》。先演《烤火》,小生林兴官扮倪俊,魏长生以小旦扮尹碧莲,踩跷,二人配合默契,把一对青年男女的情事表演得细致入微,尹碧莲的小脚赢得满堂"好"。

《春秋配》是李调元的手笔,宾客当然要恭维一番,先给李调元敬酒。

《春秋配》是一部乱弹大戏,故事波澜起伏,扣人心弦。说的是秀才李春发和友人张雁行、田春秀夜饮抒怀,有窃贼石径坡入室行窃。张擒住窃贼,李发现石径坡尚有孝心,送他银两,将其放走,要他改邪归正。后来,田春秀进京求官,李春发居家攻读,张雁行痛恨皇帝昏聩,阉宦当道,入山聚众起义,临行时把妹妹张秋鸾寄养在姑母家中。米商江韵出外贩米,其后妻贾氏生性歹毒,虐待其女儿江秋莲,逼迫秋莲到野外拾柴。李春发路过，见秋莲可怜，赠送她三两银子，好向继母交差。秋莲回家把银子交给继母，继母贾氏却怀疑她与男子有私情，声言要报官捉拿奸夫。秋莲害怕连累赠银的君子，与乳娘连夜逃走，却遇上了张秋鸾的姑父侯上官。侯上官本来就是个强盗，夜晚出外打劫，他杀死了乳娘，抢走江秋莲的包裹，挟持秋莲欲行强奸。江秋莲骗侯上官到悬崖边摘花，推侯坠崖，秋莲到慈悲庵栖身。石径坡夜归，发现了摔跛了的侯上官，抢去了他的包裹，为报当日李春发赠银的恩德，把包裹丢进了李家。贾氏见女儿和乳娘逃走，越发相信与李春发有关，告到县衙。县官耿忠差人到李春发家搜查，搜出了江秋莲的包裹，李有口莫辩，被逮捕入狱。石径坡想给李春发送牢饭，身上无钱，只好重操旧业，到侯家行窃。他无意间听到侯上官说要把张秋鸾卖到妓院为娼，因名字音近，误以为江秋莲在侯家。石径坡又得知"江秋莲"想逃跑，便整夜蹲守，想等她出来，扯上她到衙门给李春发鸣冤。待张秋鸾逃出，石即口呼"秋莲"尾追，秋鸾以为是侯上官追来，仓皇投井。石以所见到衙门报告。天亮，秋莲之父江韵和徐黑虎贩米归来，经过井边时，听到井内有女子呼救。徐黑虎把张秋鸾救出，见她有姿色，顿生歹心，把江韵推落井中，挟持张秋鸾。适逢巡按何云升私访，听得桥洞里有女子呼救，即救下张秋鸾，让她暂住慈悲庵。秋鸾、秋莲二女在尼庵相遇，互诉身世，决定同到衙门喊冤。李春发被耿忠屈打成招，判了死刑。张雁行发兵下山劫了法场，救出李春发，李春发却不愿上山，宁肯屈死也不当叛贼。最后，巡按亲自审判，冤案判明，判江秋莲嫁李春发，张秋鸾则嫁给何云升的学生田春秀。是为《春秋配》。

《春秋配》是双生、双旦、双丑、双净的大戏，魏长生既能演正旦江秋莲，也能演贴旦张秋鸾。如此大戏，堂会很难全演，只能选演其折子。

趁宾客推杯换盏的工夫，让丑角出场"数蛤蟆"，将时间"马后"。魏长生进戏房赶快换装，以正旦扮江秋莲，演《捡柴》。

这出苦情戏，江秋莲以唱功取胜，正旦要以稳重示人，所以不用踩跷。魏长生全力以赴唱出了真情实感，听得看客热耳酸心，唏嘘感叹。

李调元对魏长生的演唱赞赏有加，得知魏长生是四川金堂人，算是小同乡，散场之后特地约魏长生到住处一叙，魏长生就跟随李调元来到李宅。李调元在北京广安门内下斜街租的院子，离孔雀斜街四川会馆不远，当年奉旨出京时不曾退还主人，由一老仆人看守。

魏长生跟着李调元登堂入室，只见堂屋里并没有商鼎周彝之类的名贵摆设，贴墙的大书架上摞的都是一函一函的书籍。李调元落座，也让魏长生在左边的椅子上坐下，叫老仆给客人上茶。

在会馆里，不便和戏子畅谈，回到家里，李调元就可以和这个四川的名伶随意叙话了。

李调元问及魏长生的籍里、出身、家人和从艺的经历，魏长生一一禀告。他问魏长生是否识字，魏长生告以乡塾两年，能读通俗小说，能抄写戏本。他问魏长生是否能演《春秋配》全剧，魏长生就说起在成都鹤鸣班老生杨永善处看到《春秋配》抄本的事。李调元大悦，握住魏长生的手，热切地盯住魏长生那双清澈的眼睛，激动地说道：

"你我今生有缘。"

李调元说当年进京会试，路过陕西华州时，观看当地皮影戏《春秋配》，觉得文辞娴雅，不同凡响，询问班主，得知是渭南才子李十三（李芳桂）的手笔。他花了一两银子，从艺人手里淘到一个残破的戏本，回到绵州，百无聊赖时把它的故事补齐，稍加润色，就成了一本乱弹大戏。

魏长生躬身发问：

"小人有一事不解，自来文人雅士都雅爱昆曲，视梆子乱弹鄙俚无文，李大人文名满天下，何以倒不鄙视乱弹？"

李调元一笑说：

"有人爱吃酸甜，有人爱吃麻辣，人各有志，也各有所好。我岂止是不鄙视乱弹，就是那些散落在山野乡间的民歌俗唱我也喜欢，那都是从心里流出的真情实感。你看这本——"他从书架上取下一本书，封面题签《粤风》。他随手翻开一页，原来是小楷精抄的诗歌，魏长生打眼一看：

嫩鸭行游塘栅上，
娇娥尚细不曾知。
天旱蜘蛛结夜网，
想晴只在暗中丝。

思想妹，
蝴蝶思想也为花；
蝴蝶思花不思草，
兄思情妹不思家。

没等魏长生细看，李调元说：

"看到了吗？这是我提督广东学政时辑录的两广民谣。自古有采风之俗，当年孔夫子删定《诗经》，诗三百篇中有十五国风，都是从各诸侯国搜集的民谣，可惜独缺岭南之风。我辑录这部《粤风》，收录粤地情歌五十三首，瑶歌二十三首，俍歌二十九首，壮歌八首，聊补阙如。"

李调元将书放回原处，感叹：

"诗言志，戏也是言志，梆子乱弹都是老百姓言志之作，情动于中，平平说来，都是戏文。可惜呀可惜！文人崇雅鄙俗，乃孤陋偏见，于戏文一道大为有害。真正高人论戏，都是贵浅显、贵自然的,乱弹戏文辞浅显通俗,恰合戏文之道。"

李调元从书架上取下一函书,乃是康熙十年翼圣堂刻本《闲情偶寄》。

"你听听芥子园主人李笠翁是如何说的。李笠翁是天下大才子,这部《闲情偶寄》说词曲,说演习,说声容,说居室,说器玩,说饮馔,说种植,说颐养,什么事都说得头头是道。李笠翁可是写传奇的大家,且看他如何说戏。"李调元说着,熟练地翻到《词曲部》的一段文字,要魏长生读来:

"诗文之词采,贵典雅而贱粗俗,宜蕴藉而忌分明。词曲不然,话则本之街谈巷议,事则取其直说明言。凡读传奇而有令人费解,或初阅不见其佳,深思而后得其意之所在者,便非绝妙好词。"

李调元问魏长生:

"你可看懂了?"

"看懂了,说得好!"

"你再读。"

李调元又翻到一页,魏长生读来:

"总而言之:传奇不比文章,文章做与读书人看,故不怪其深;戏文做与读书人与不读书人同看,又与不读书之妇人小儿同看,故贵浅不贵深。"

李调元问魏长生:

"你看如何？"

魏长生赞道：

"真是至理名言！"

李调元感叹：

"可惜呀！天下写戏文的没有几个明白人。我在京城十余载，看这京城梨园你争我斗，竟如战场一般。有人把梨园分为两类，把昆曲称'雅部'，把京腔、秦腔之类称'乱弹腔'，说得好听些称'花部'。这花雅争盛，争来争去，昆腔、京腔就是争不过梆子乱弹。不是他们的功法不良，恐怕主要是所唱词曲违反戏文'贵浅不贵深'之道，屡战屡败，在所难免。你们这乱弹梆子门庭若市，恐怕就是唱的词儿、说的话儿，读书人和不读书人都能听得懂。得其道者，自然有人买账也。"

魏长生听罢，深以为然，不过还是感叹：

"大人高论，与笠翁先生同调，均为至理。不过，梆子腔的文辞确实粗俗，文理不通者比比皆是，也让世人见笑。"

"此言差矣。"李调元故意把话岔开去，"笠翁先生不仅深通戏道，还是美食大家，你看他如何论饮馔——"

他顺手翻到一页：

"笠翁说，'吾谓饮食之道，脍不如肉，肉不如蔬，亦以其渐近自然也'，说得多么好！那昆曲传奇，在雅人们手里弄得就像切得细细的肉，有大厨烹炒。你们唱的乱弹戏，就好像是萝卜白菜，布帛菽粟，家常有之，看似粗糙，实则接近自然。读书人只要肯下些功夫，稍加疏通整理，乱弹戏便会有绝妙好词。"

"李大人亲手作《春秋配》，真是功德无量的大善事。"

说到这里，李调元得意地告诉魏三：

"我还写有三本戏——《梅绛亵》《花田错》《苦节传》，弹戏班子尽可拿去演来，可惜都放在绵州家中。今后我进京公干，也到你的天寿堂坐坐，慢慢说给你听。"

魏长生深深地鞠躬：

"多谢大人厚爱，望大人今后多多赐教。"

李调元问他：

"你家还有多少戏文藏本？"

魏长生告诉李调元，当年在成都从杨永善那里借到《春秋配》，认真过录一本，珍藏在家里了，其他还有不多的几本乱弹戏的抄本。李调元说：

"还好，还好。"

李调元兴之所至，不自觉地向魏长生透露了一个秘密。他在广州提督学政时，赶上广东巡抚正在督办一件事。皇上说《四库全书》快编纂完成了，普天下的书籍搜集到北京，经过严格审查，凡是对圣朝有"违碍"的字句都删改过了，没法改的都焚毁了，已经编成"经、史、子、集"四大类在誊抄。皇上又想到戏台上所演的词曲可能也有"违碍字句"，比如演明清改朝换代的事，还有宋朝和金朝打仗的故事等等，说不定也会有不当之处，要把全国的戏文本子也搜集起来，在扬州设局，聘请一二百位专员，不动声色地审查，如果发现有违碍字句，也必须改正或焚毁。删改过的戏本要抄写清楚，"进呈御览"。可是搜集到的剧本大都是杂剧传奇的刻本，乱弹戏大都没有刻本，即使有少量几个抄本，也都破烂不堪，无法进呈了。

魏长生说：

"乱弹戏的本子，都装在伶人的肚子里呢，如何审查？"

李调元笑道：

"这就莫可奈何了？当今皇上圣明，精力无穷，心系天下，事无巨细，总有办法审它个干干净净。你是戏子，管好你的嘴巴，不说不唱违碍字句也就是了。"

"听大人一席高论，小子顿开茅塞，深受鼓舞。"魏长生又是深深一躬。

一位是四川才子，一位是四川名伶，两位蜀人言谈甚欢。李调元说，通永兵备道的衙门在通州，离北京三十里，骑马进城也就是一个多时辰。他日进城时还是住在这里，希望能经常请魏长生来私宅唱曲，谈谈为戏之道。魏长生当然求之不得，从此二人多有来往。

第十四回　和珅府魏三触霉头

乾隆四十七年端阳节过后的一天，魏长生接到传唤，到李宅闲谈。进门坐定，李调元拿出崭新的一函书，说道：

"今天唤你，只为一事。这是从扬州购回的新书，我已读过，让你也开开眼界。"

魏长生一看，是冰丝馆重刻清晖阁批点《牡丹亭》。魏长生起立，深鞠一躬，道：

"小人无学问，这传奇恐怕是读它不懂的。"

"也不须你读懂。《牡丹亭》你可会唱几句？"

"这是昆班的看家戏，小子只会唱《游园惊梦》的'袅晴丝'。"

李调元说着，打开了函套，愤愤道：

"前朝临川汤若士乃天下奇才，他写的《牡丹亭》一经问世，洛阳纸贵，习昆曲者无不学此剧。可是你看这部冰丝馆新刻的《牡丹亭》，把它删改得一塌糊涂！这就是我和你说的扬州设局审查剧曲的结果。"

他在第一册翻到第十五出《虏谍》，这一出已全部被抽撤，书中夹一纸条云"遵进呈本不录"。再翻到第二册第四十七出，也夹有一纸条，曰"遵进呈本略有删节"。李调元说：

"可见这《牡丹亭》的审定本是曾'进呈御览'过的，不知皇上是否亲自看过。《牡丹亭》和大清朝毫无瓜葛，但是戏里写的有金国南侵，宋朝皇帝派杜丽娘她爹老子镇守淮阳和金国人对抗，这就是'南宋与金朝关涉字句'，也就给抽撤删改了。"他又说：

"我读过了，凡是'胡''鞑''旗'等字都给改过了，还有更可笑的。"李调元翻到第十一出《慈戒》，指出一个莫名其妙的曲牌【蒸糊饼】，他说：

"这个牌子原来是【征胡兵】，一个'胡'字也犯了忌讳，被改成这莫名其妙的东西。"

他愤愤道：

"可惜了这些好宣纸！你看刻工、印刷、装帧多么精美，可是怎能称善本？呜呼！《牡丹亭》再无全本矣。"

魏长生说：

"所幸我等乱弹戏没有戏本，可免受审查了。"

"非也，乱弹虽无戏本，朝廷也有办法查你。查不到你的本子，可以查你的嘴巴。听说北京五城兵马司已经派员审查戏子的嘴巴，审查台上光景了，必定有整肃乱弹戏的办法，你就等着吧。千万管好你的嘴，不要唱出违碍字句来。"

魏长生唯唯称是，临告别时，特别感谢李大人的提醒。

乾隆四十七年，是李调元大起大落的一年。

他所任的兵备道是集军事、监察于一体的官员，负责监管境内的都司、守备、千总、把总之类的武职。乾隆四十七年七月，李调元奉旨护送规模宏大的《四库全书》之一部去盛京，山海关内的一段由他负责。不料在卢龙遇雨，沾湿了黄箱，犯了大罪。

李调元参奏卢龙知县郭棣泰玩差误事。藩司永保、永平知府弓养正则和郭棣泰、郎若伊一同搜集李调元的短处，告李调元"扰累属员，滥索供应"，经代理直隶总督英廉题参，乾隆帝大怒，李调元被革职拿问。乾隆四十八年正月初三，两司会审，李调元承认不能察觉家人吕福、衙役喜吉介需索"门包"，最后判定："虽属失察，但与故纵无异。问发伊犁，充当苦差。"

后经直隶总督袁守侗疏通，乾隆帝同意李调元家人以一万两银子自赎，归田养老。李调元在发配途中，从涿州被召回。

这位五十岁的才子携带着五车书和他编辑的《函海》刻板，回到了老家绵州罗江云龙坝北象山。

李调元革职还乡后，魏长生也很不走运。乾隆五十年的春天，魏长生刚唱罢《庆顶珠》，两名五城兵马司的捕快冲进后台，口头宣布一道告示：

嗣后城外戏班，除昆弋两腔仍听其演唱外，其秦腔戏班交步军统领五城出示禁止。现在本班戏子，概令改归昆弋两腔。如不愿者，听其另谋生理。倘有怙恶不遵者，交该衙门查拿惩治，递解回籍。

据说这道法令是都察院议准颁布施行的，这是要把秦腔彻底赶出北京城呀！

这条告示上根本没有说禁唱秦腔的理由。秦腔班的伶人们大费疑猜，三寿官和魏长生猜测，这可能是昆腔班和京腔班的人下了黑手吧。

魏长生刚演《滚楼》时，已经有人告状，说是秦腔有伤风化。京腔六大班的后台多为皇室显贵，他们是能够到衙门里说上话的，五城兵马司的捕快不是到茶园来瞅过吗？魏长生心想，要说"有伤风化"，昆班和高腔班演的那些传奇戏里，男女媟亵、桑间濮上、窃玉偷香的故事还少吗？都说是"传奇十部九相思"，那是一点都不错的。王府大班的白二演的《潘金莲葡萄架》，比《滚楼》可骚情多了！

其实，还有个官府不便明说的理由，那就是乱弹戏的故事触犯了皇家的诸多忌讳。

宫里的大戏《忠义璇图》虽然演《水浒》故事，可是水浒一百单八将都是忠义英雄，他们虽然反贪官可是不反皇帝，最后都是为赵官家效力的。文人们写的传奇戏《宝剑记》《水浒记》《义侠记》也是这个路子。你看《鸣凤记》的忠良朝臣们，受奸臣严嵩的迫害，上疏朝廷，一个个遭廷杖的，遭贬官的，被砍头的，前仆后继，可是他们没有一个造反的，他们只是一个接一个的冒死给皇帝上疏，最多是说几句狠话。

梆子戏可不是这样，不少的戏是在为反叛人物叫好。一本《反五关》就够犯上的，商朝的大将黄飞虎面对暴君淫妃，本来是不肯造反的，可是想到梅伯、比干、姜后等忠臣贤后的悲惨下场，认清了商纣王的嘴脸，终于下定了"父不正子奔他方，君不正臣投外国"的决心，兴兵反朝，投奔了周文王。《下河东》的呼延赞，为报杀父之仇，不接受赵匡胤的封赏，直杀得皇帝佬儿赵官家抱头鼠窜，苦苦求饶。《刺中山》的秦琼、罗成、尉迟恭怒劫法场，杀回长安，《沙驼国》的李克用与唐王分庭抗礼，还有那李刚的《黑打朝》，程七奶奶的《花打朝》，都是拼了性命要和皇帝过不去。戏台上鼓动张扬的这等"好勇斗狠"的"怪诞悖乱之事"，"于风俗人心殊有关系"，才是皇上最忌讳的，恐怕这才是秦腔被禁的主要原因吧？不过官府告示难以明言罢了。这个原由，像李调元那种官员心里肯定是明白的，但是谁都不肯说破。

魏长生当日听过了李调元善意的提醒和劝告，是管住了自己的嘴的。他除了唱几出香艳的粉戏，也多演"忠义贞烈"的戏，嘴巴里尽量不说不唱"违碍字句"。可是别的秦腔班还是大演这种深受市井欢迎的热辣火爆的戏，秦腔遭禁就在所难免了。他们不知道各地官府都在奉命不动声色地筛查他们的戏本儿呢！听说在京城皇上是委派和中堂和珅大人亲自负责"严查饬禁"的，雷厉风行，违抗不得。

这一条法令给梆子班的伶人兜头浇了一盆冷水，人人叫苦连连，却又无可奈何。

梆子班突然间江河日下，恐慌莫名。为了保住饭碗，有人去搭高腔班了。此事做来谈何容易！从小跟师父学的就是梆子戏啊，如今只能改行，从头学起，担当些不大用开唱的配角和杂行，不过混一碗粥喝。

魏长生和三寿官商议，把双庆班改名为永庆班，他和其他的秦腔同行们改唱昆弋两腔，但生意萧条。

魏长生是学过几出昆腔戏的，凭他在梨园的声望加入昆班也能唱唱配角。高腔只有锣鼓，没有文场伴奏，改学起来也不难，不过他总感到无比别扭和屈辱。一个在戏台的"中间儿"唱做惯了的名伶，一下子要靠边站，魏长生的心里要多难受有多难受，他索性不到茶园唱戏了。

他已经攒了不少的钱，几年不唱戏也饿不着。只是有些年轻人还是执意跑到梨园馆，要跟他魏长生学唱秦腔，学踩跷，所以梨园馆里并不寂寞。

北京外城的茶园里不让唱秦腔了，可是京畿地面宽阔，在丰台、良乡、房山、怀柔、密云、通州、涿州等地，他们还是有活动的天地的。

猫有猫道，鼠有鼠道，梆子戏班自有活命的门道儿。

日子过得快啊，不知不觉又混过了三年。乾隆五十三年六月初六的傍晚，魏长生在梨园馆教徒弟们梳水头，亲自示范。他画好了眉眼，点好了绛唇，贴好了片子，戴好了头面，一切插戴整齐，一个美女的头部化妆完成，徒弟们赞美不已。此时一串铃铛响过，一辆轿车停在了门外，赶车人进门，传话道：

"魏三官，快跟我上车！"

魏长生一看，认得是和珅府的管家。前几年有几次堂会，他都是赶着和府的豪华马车赴宴。魏长生说：

"且请等我卸了妆。"

"不用了，和大人还说要你带上梳头匣子呢！这模样儿不是更方便了吗？到时候也不用梳妆了。走吧，和大人等着呢！"

魏长生无奈，只好在水衣子外边又罩了一件粉红色小褂，套上一条豆绿色的绸裤，蹬上彩鞋，跟着管家上了车。高头大马的铃铛叮咚，一路小跑进了宣武门，再一直往北，从护国寺往东，顺着和珅府的北墙，在一个小门前停下来，小门口早有一个小厮宝儿在等候。

宝儿领着魏长生走甬道，曲曲弯弯，拐弯抹角，转到了东花厅。这是一个不小的四合院，垂花门里正对着一座木照壁，照壁后面遮挡的是一座假山，园子里种着石榴和西府海棠，还摆着十几盆花卉，正房和厢房都是一明两暗的大屋。

顺着回廊，宝儿领着魏长生来到正房。魏长生在门口往里瞅瞅，映入眼帘的无非是宝鼎瑶琴，璇几玉案，案上陈列着的无非是商彝、周斝、秦盘、汉鼎等古董名物。和珅没在正厅，而是坐在东屋书房里，此时他正握着一本书闭目养神。宝儿在门外告禀：

"爷，魏三来了。"

和珅睁开眼，唤道：

"三儿，进来。"

宝儿撩起书房的湘帘，魏长生提心吊胆、战战兢兢地迈进房门。只见南窗下一台大大的红木书案，书案上摆着笔架、砚台、摊开的书本，还有一副时髦的铜腿儿眼镜；西墙立着书架，摆满了图书；北墙下是一张很宽大的卧榻。和珅坐在书案东面的红木椅子上，正等着他这个戏子呢。

魏长生迈门槛进门，立马给和珅请安，可是一下子就忐忑不安了。现在他化的是女装，"打千儿"显然是不伦不类的，道个"万福"也是不合适的，干脆磕头吧。他双腿一跪，就磕起头来。和珅见这个红裾绿裤婷婷袅袅的"小美人"跪在面前，赶忙一伸手就把魏长生抄起，酸溜溜地说：

"美人儿请起，你想煞我也。"

魏长生是第一次如此近距离地观看和珅，他抬头一看，这位和大人果然像传说里一样，高身材，白脸膛，浓眉大眼，高鼻梁下一部修剪得十分讲究的八字胡，胡子下露出的是一张厚唇阔嘴，果然相貌不凡。

这位雄伟轩昂的和大人，欣赏着魏三的满头珠翠，漂亮的脸蛋儿，不禁心花怒放。他道：

"五城兵马司屡屡报告，说是南城梆子班来了个魏三，会梳水头，打扮得妖艳无比，比女人还像女人。爷我倒要近前看看，你是怎么个妖艳？"

其实，和珅老早就见过魏长生演戏。

他伸出两个指头，挑起魏长生的下巴，细细地端详：

"唔，果然比女人还漂亮。"

他再看看魏长生的脚下，品评道：

"还好，今天你没有装小脚。小脚有什么好看的？我旗人女子都不缠脚，喜欢的是'天足'。"

从头到脚把魏长生端详了一遍，和珅说：

"五城兵马司来报，说你一出《滚楼》梆子秦腔淫词滥曲闹得北京人神魂颠倒，挤破了戏园子。前朝雍正爷禁止八旗官员进戏馆，爷我就没进过前门外戏园子。今天爷叫你来，是想亲自听听你唱的那梆子秦腔是什么玩意儿。"

"启禀和大人，官府有令，北京城不准唱秦腔，小人是万万不敢唱秦腔了。"

"私家堂会，你们不是也偷偷摸摸地唱吗？你只管唱来，你放心，这是在我的家里。"

"村腔野调，不敢献丑。"

"无妨,爷我是听昆曲听腻烦了,今天要换换耳朵。"

"魏三遵命,伺候大人,悉听大人吩咐。"

"那就坐下。"

和珅指一指书案背后的一个小方凳,要魏长生坐下,两人正好隔着书案面对面。魏长生惶恐地谢座,端端正正、规规矩矩地坐定,心里仍然惴惴不安。

"我来点唱,我点什么,你就唱什么。我说停,你就停。"

"遵命。"

和珅忽然想到了什么,问魏长生:

"三儿可曾吃过晚饭?"

"不曾用得。"

"那就吃些点心。"和珅指指桌子上的一盘"萨其马"。魏长生哪敢动嘴,忙道:

"戏班谚云:饱吹饿唱。魏三空着肚子,刚好给大人唱曲儿吧。"

"也好,听我来点唱。"

和珅从抽屉里拿出一个小折子,上面是五城兵马司报来的双庆班上演的"淫词滥调"的剧目。和珅点什么,魏长生就唱什么;和珅叫停,他就停下来。从《戏凤》到《打面缸》,从《捡柴》到《卖胭脂》,一段段曲子,唱唱停停,停停唱唱。

和珅不时地用手指叩着桌面,击节点头,似乎听得有滋有味。听到得意处，一会儿赏魏长生一个荷包儿，一会儿赏魏长生一个戒指。

魏长生心想，都说和大人饱读诗书，满腹经纶，不料他的肚子里竟然还能装得下这么多乱弹梆子戏。朝廷虽然禁唱秦腔，可那是管不到这位和大人家的。尤其令人难以理解的是，那道禁唱秦腔的法令，还是皇上指派这位和大人亲自"严查饬禁"的呢！此刻若是在戏园子里唱秦腔，被官府发现定要打屁股挨板子，可是在和大人这里却要得奖赏。天下事真有教老百姓猜不透的。

和珅听着魏长生唱的乱弹，忽然又想出了个花点子，他敲敲桌子，伸出个指头，朝魏长生一勾：

"三儿，不唱戏了，你唱小曲吧。"

"大人想听哪一种？"

"随意，你会唱什么，就给爷唱什么。"

魏长生答应：

"好，大人请听。"

他就唱起了市面上流行的小调，什么【剪靛花】【寄生草】【马灯调】【银纽丝】【打枣杆】，一支一支小曲唱来，唱得很投入，唱得声情并茂。只见和珅摇晃着脑袋拍掌击节，甚是满意，他又问魏长生：

"三儿，你是从陕西来北京的，你可会唱那西北的酸曲儿？"

"小子也会唱几段。"

"那就唱一段给爷听听。"

魏长生清一清喉咙,用小嗓唱起来:

> 白天我想你就干不了个活,
> 晚上接耶想你我就睡不着。
> 前半夜想你我就关不了个门,
> 后半夜想你我就翻不转个身。

魏长生唱来唱去,只听得和府里巡夜的更夫敲响了三更锣,他没吃晚饭,肚子已经饿得咕咕叫了,和珅还兴致未减。魏长生上前剔了剔蜡烛的灯花儿,那意思是提醒和珅,夜色已深,时光不早了。和珅也看明白了,他招呼魏长生:

"三儿,来,到爷身边来。"

魏长生恭敬地站到和珅的身旁,不料和珅一把扯过了魏长生,搂着他放到了自己的大腿上,魏长生吓得浑身打战。和珅重复着魏三的酸曲儿:

"前半夜想你我就关不了个门,后半夜想你我就翻不转个身……爷我今天实在高兴,后半夜快到了,让爷和你亲热亲热。"

在和珅眼里,这个花枝招展的魏三已经变成了真正的女人。他把魏长生搂紧,裹在胸前,胡子下的大嘴就往魏长生的樱唇上凑过来，他指着北墙下的床榻示意。

魏长生感觉到了和珅身上硬邦邦的，断定他是想要干那种不可告人的腌臜事，赶忙挣脱抽身，出溜一下子跪到了地上，连连叩头谢罪：

"小人有罪，罪该万死。实不相瞒，小人有痔，不敢玷污大人贵体。"

魏长生此话真是大煞风景，和珅大眼睛一瞪，飞起一脚："滚！"

魏长生连滚带爬逃出门外，他跟着宝儿走到那个小门，开门时，宝儿说：

"魏三，你可惹下祸了。"

门外已没有车马，惊魂未定的魏长生只能步行回家。他早就听说和珅有"断袖之癖"，如今好些大人先生和士大夫也有这癖好，可是那都是找俊俏的小男孩儿寻开心，想不到和中堂和珅大老爷竟看中了自己这个大男人！今天挫败了和珅大老爷的兴致，那可真的是惹了祸，不知将要受到何种样的惩罚。

魏长生一路想着，走到了宣武门，城门早已关了，不能出城。魏长生看看自己这身穿戴打扮，担心碰到巡夜的，他躲到城墙下一户人家的大门洞里，脱下小褂，摘下头面首饰，扯下片子，脱下红袄绿裤，用袄子把这些包好。听得城墙上的水溜子哗哗地响，那是城头上有积水排下，魏长生顾不得水是否干净，双手捧着流水洗了洗脸上的粉黛，把脸擦干。

  薄衫难耐五更寒，饿着肚子的魏长生饥肠辘辘，蜷缩在门洞的黑影里，感到脊背冰凉。好歹熬到鸡叫，熬到寅时一过，天蒙蒙亮，城门打开，一队送水的车子涌进城门，魏长生趁机出城。

  他跑到天寿堂时，胖丫头翠儿正在门后等着他呢。听说魏长生是被和珅府接走的，所以她并不担心，眼巴巴地等候了一整夜，今见主人狼狈归来，她吃惊不小。她赶快给魏长生洗脸更衣，端上刚熬好的小米粥，魏长生稀里糊涂地喝了一碗粥，一头倒在炕上，再也起不来了。

第十五回　下扬州名播大江南

一夜的折腾，魏长生病倒了，发高烧，说胡话。王六到同仁堂去请郎中给他诊治，翠儿给他喂药，他一直昏睡不醒。

三天后的清晨，天蒙蒙亮，魏长生迷迷糊糊中做了一个梦。他梦见自己正在戏台上演《滚楼》，演到黄赛花在台上翻滚时，忽然下场门的帘子后边有一只毛茸茸的大手伸了出来，抓住了他的后衣襟，把他扯进了后台，接着大手又把他拉进一条地道。地道很长，黑洞洞的，但是前边远处有光亮，好像有人生着一堆火，脚下是哗哗的流水，大手拖着他在水边的小道上往前走。走着走着，果然遇到一堆大火，大手拖着他跳过火堆，脚下的水流变得湍急，声响轰轰。那只大手把他用力往前一推，脚下的水流狂泻，变成一道瀑布。他跌落到无底深渊，放声大叫"救命"，可是叫不出声来，急得出了一身大汗。

躺在身边的翠儿听到魏长生嘴里"呜呀呜呀"地好像在奋力呼喊，见他的四肢也在拼命挣扎，知道是梦魇了，赶忙呼唤：

"三爷！三爷！三爷醒醒！三爷快醒醒！"

她扳着魏长生的肩膀摇了摇，魏长生醒了，原来是一场噩梦。她摸摸魏长生身上,大汗淋漓,浑身衣服已湿透。

"三爷,你都睡了三天三夜了,这会儿才醒过来。"

魏长生坐起来,翠儿给他脱下衣服,里里外外换上了一套干净的。她从壶里倒了半碗温开水,给魏长生喝下,魏长生略感舒服。此时,忽听得大门外人声嘈杂,不知为何,魏长生心中一动,说:

"翠儿,快扶我出去看看。"

魏长生勉强挣扎起身,翠儿扶着他挪动到街门,魏长生开门一看,一群闲人正在围着大门议论纷纷,原来大门上刚刚贴上了一张白纸告示。

这告示又是五城兵马司出示的,和三年前的那个告示一模一样,今天贴在天寿堂的大门上,明摆着是专门给魏长生看的。魏长生叫翠儿关上大门,大骂一声:"龌龊下流啊!"

魏长生心里明白,这肯定是那位被他伤了面子的中堂大人给五城兵马司发了话,才有这个重申禁唱秦腔的告示,这是要把他逼上绝路。魏长生不敢把三天前在和珅府里遇到的龌龊倒霉事公之于众,心里实在窝火。

养息了几天,魏长生觉得精气神恢复得差不多了,他叫翠儿把李香官找来。魏长生说:

"香官,看来这京城是不想让我魏长生展翅了。此处不留爷,自有留爷处,惹不起,爷还躲不起吗?我要出京闯江湖跑码头去了,这一去,恐怕三年五载都不一定能回得来。你住到天寿堂来吧,和翠儿把这个宅子给我看管好。你也留心给翠儿寻个厚道人家嫁了吧,她伺候我几年了,不明不白,名不正言不顺,终非长久之计。"

他给翠儿留下些银两,将一切安排妥当,开始收拾必要的行李——私房行头,梳头匣子,两副木跷,几捆榆树皮刨花,简单的四季衣物,然后发信到外埠几个码头的梆子班,说明魏长生要来客串。他自信以他"魏长生"的大名,凡是梆子班就没有不高接远迎的。魏长生带上二弦子王六,一同出京南下了。

他先到天津卫,在卫城的街上唱了半个月,又到卫所兵营里唱了几出,然后坐运河的粮船南下,几天后来到了山东省东昌府聊城。

聊城是一个大码头,地当运河中段,此为漕运枢纽,商舶络绎不绝。粮船盐船,风帆相接;豪商巨贾,接轨连镳。城中心有一座巍峨高大的光远楼,乾隆皇帝下江南,船过东昌府时,在那楼上住宿过。东昌府的大运河边,坐西朝东有一个山陕会馆,会馆进门处就是一座辉煌的大戏楼。魏长生决定先在聊城住下来,在这里搭班给关老爷唱大戏。

寄居在聊城的客商以山陕人为多,乾隆八年,山陕商人集资四万九千多两白银,修建了这个会馆。大戏楼坐东朝西,面对正殿供奉着关圣帝君,两侧的看楼上下两层,各为面阔五间,中庭可容纳数千人观剧。

山陕商人爱听秦腔，魏长生的到来，给会馆增添了不少热闹。名角难得，会馆三日一会，五日一宴，宴会必演戏，魏长生献艺大受欢迎，奖赏无数。有一天，魏长生刚唱罢《关公斩貂蝉》，一位客人找上门来，是扬州江春家的盐船总管李三。李三说奉江春老爷之命，带信到北京寻找魏长生，邀请他到扬州，不料魏长生已经出京，多亏关老爷保佑，叫二人在这聊城邂逅。

江春何许人也？江春，字颖长，号鹤亭，又号广达，徽州府歙县人，著名的客居扬州的盐商龙头老大，为"两淮八大总商"之首。

江春富埒王侯，熟悉盐法，精通商务运筹，练达多能，在他担任"两淮盐业总商"的四十年中，两淮盐业达到鼎盛，深受乾隆皇帝的器重。江春先后蒙乾隆帝赏赐"内务府奉宸苑卿""布政使"等头衔，荐至一品，并赏戴孔雀翎。乾隆皇帝六次下江南，都由江春承办一切供应，筹划张罗接待，即所谓"江春大接驾"。乾隆皇帝曾在金山行宫与江春奏对称旨，亲解御佩荷囊，面赐佩带，并两次亲临江春的别墅"康山草堂"，赐金玉古玩，题写"怡性堂"匾额。江春在扬州构筑的园林建筑，共有八处之多。

江春还养着"德音班""春台班"等好几个戏班。

既然大财神江春相召，魏长生欣然前往。他收拾了行李，辞别了山陕会馆的主人，带上王六，跟着李三就上了江家的官船。

船队到达扬州登岸,李三领着魏长生拜见江春。江春在水南花墅接见,对魏长生的到来表示欢迎,他说:

"我有几个家班,有的唱昆曲,有的唱乱弹。为求戏码纯粹,技艺精进,我把这几个班子分成两部,把唱昆曲的德音班叫'雅部',还有个春台班,是本地土班,土人唱土戏,本地乱弹、京腔、秦腔、梆子腔、罗罗腔、二簧调,五花八门,就给个好听的名字'花部'。雅部自有教习,花部声腔花杂不纯,至今还没有个好教习,还不能自立门户,只能唱唱庙台戏、草台戏。久闻魏先生京师梨园独步,乱弹典范,所以有意请先生为我把春台班调教调教。后年是当今万岁爷八十大寿,京城必有隆重庆典,我江家的雅部当然是要进京献艺的,花部春台若有出息,或许也能有所贡献。雅俗并赏,岂不是一桩美事!"

"大人高见,小人魏长生当效犬马之力。"

魏长生爽快应聘,江春很高兴,他和魏长生商量:

"明天在康山草堂宴请郡城同业,就请魏先生一展风采。"

"小人遵命,但不知大人想点唱哪一本戏?"

"唱《借老婆》如何?此戏是本地乱弹。"

"遵命。"

"这个《借老婆》在扬州城乡已是家喻户晓,你可听说有

一支竹枝词?"江春张口吟道:

> 丰乐、朝元又永和,
> 乱弹戏班看人多。
> 就中花面孙呆子,
> 一出传神《借老婆》。

江鹤汀不知魏长生是否能演这部江淮流行的乱弹戏。

"小人听说过,北京梆子班的《张古董借老婆》就是向扬州乱弹学的,小人也唱过。"

"如此甚好。"

江鹤亭吩咐立即发出请帖,魏长生也需稍作准备,要和扮李成龙的春台班小生对一对戏。

翌日,扬州城的盐商大贾来了不少。魏长生早早地梳了头,化了妆,绑了跷。他扮的张古董的老婆沈赛花,出场一亮相,酒席上就一阵轰动。扬州人见到这乌亮的"水头",一个个眼睛放光,待看到魏长生踩跷走圆场,更是击节叫好,扬州的红氍毹上还从没见过这种魅力四射的小金莲呢!《借老婆》演罢,客人们都赞不绝口,说是大开了眼界。江春大喜,赞说道:

"果然不同凡响!"

江春出手阔绰,当场就赏了魏长生纹银一百两。

江春看到他的筹划有了希望，心下高兴，命管家寻一闲屋安置魏长生，从此魏长生成了江府的宾客。为报江春的知遇之恩，魏长生在春台班全力教戏，只要主人有需要，也亲自出场。于是扬州豪门巨贾的堂会上，四乡八镇的戏台上，会不时地出现魏三官靓丽的身影。

江春初办春台班时，征聘四方的乱弹名伶，乱弹戏的艺人闻风响应，有在安庆唱二簧调的，有在弋阳唱高腔的，有在湖广唱罗罗腔的，有在陕西唱秦腔的，都想到江家谋食，但是大多技艺平平，所以这个"外江班"始终不能自立门户。春台班也有几个伶人是比较出色的，郝天秀就是相当受欢迎的一位。

当年扬州正流行二簧调，郝天秀就是唱二簧调的，也能唱昆曲。郝天秀是安庆人，二十五六岁，扮相俊秀，嗓音甜美，迷倒了一大批扬州戏迷，得了个"坑死人"的绰号。当时在扬州的大文豪赵翼，听过郝天秀的演唱，把他比作唐朝的歌者何戡，写了一首《坑死人歌为郝郎作》：

> 扬州曲部魁江南，
> 郝郎更赛古何戡。
> 出水莲初杲日映，
> 临风柳绪淡烟含。
> 广场一出光四射，

歌喉未启人先憨。
铜山倾颓玉山倒,
春魂销尽酒行三。
遂令天下父母心,
不重生女重生男。

郝天秀是草台班子出身,没有拜过名师,他是跟着怀宁石牌的一伙唱二簧、拨子、吹腔的戏子投奔了江春的春台班。魏长生到来后,他就真心实意地拜在魏氏门下,魏长生就把拿手的好戏《滚楼》《送枕头》《抱孩子》等一一传授给他。郝天秀得了名师的悉心教导,如虎添翼,名声更加响亮。

有了魏长生这样的好教习,春台班就开始在四乡招收童伶。一批小孩子入班学戏,魏长生从头教起,经过一番调教,其中的佼佼者也能把一些梆子乱弹戏的折子演得有模有样。潘巧玲的《卖翠》《射雁》《闹书房》,沈霞官的《卖胭脂》,倪元龄的《背娃娃》,李福玲的《烤火》《捡柴》,都能演得中规中矩。

虽然二簧调正在扬州走红,但扬州聚集了好多来自山陕的木商和盐商,他们都是喜爱听秦腔的,所以只要魏长生挂牌出台,总是宾客满堂。春台班有了魏长生,日渐兴旺。有人说看客捧魏长生,是因为他演的多是"粉戏",不过魏长生在领略过京城里的风化舆情之后,戏路子也有了改变,他除了唱《滚楼》，也唱一些有助风教的戏，但是一说起魏三，一些看乱弹戏不多的人仍难免有偏见，动辄说是"淫声妖态"。扬州的士大夫人群，提起江春家的戏班，也还是崇尚其雅部而鄙视其花部。不过事情总有例外，世上总有眼界高远的人，能发现花部乱弹戏的妙处。

做过扬州税关、粤海税关、九江税关的监督，又做过景德镇御窑监督的唐英，是一个既富且贵的出身汉军正白旗的大官，蓄养着一个阵容强大的昆曲家班，他却发现了"土梨园"的故事和排场，有昆曲所不及的生动。他费了莫大的精力，亲自把乱弹戏改成昆曲——把《张古董借老婆》改成了《天缘债》，把《钓金龟》改成了《双钉案》，把《打面缸》改成了《面缸笑》，把《杀蔡鸣凤》改成了《梁上眼》，把《戏凤》改成了《梅龙镇》，把《秦雪梅》改成了《三元报》，把《打芦花》改成了《芦花絮》，把《杀货》《打店》改成了《十字坡》。他用了这么多的力气把花部戏改头换面，送到了雅部的红氍毹上，就是因为他看到了花部乱弹戏蕴含着无尽的宝藏。

扬州也有见识高超的读书人，不断地给花部乱弹说好话。扬州城北黄珏镇上的秀才焦循，就是一位追捧花部戏的明白人，在江春家的堂会上，魏长生曾和他见过一面。焦秀才学问大，精通五经，还精通算学，虽然还没有功名，可是已经名声在外，他就是酷爱乱弹戏的，常常为乱弹班说好话。

乾隆五十四年六月,江淮大旱。六月二十四雷神大帝圣诞,黄珏镇雷神庙祈雨,搭台唱戏,春台班应邀。农叟渔父,商贾妇孺,乘轿的,坐船的,步行的,挑担的,络绎而来,相聚于庙台之下。

上午演《清风亭》,魏长生扮周桂英;下午演《赛琵琶》,魏长生扮秦香莲。这两部乱弹戏,都是有助风教的高台教化的好戏。

《清风亭》也叫《天雷报》《清风亭认子》,说的是扬州人薛永离家进京后,大老婆管家,其妾周桂英受大妇虐待,被打入磨坊受苦。周氏把生下的男婴藏在盒子里,又放入血书、金钗,偷偷把盒子放到清风亭桥下,祈望有好心人拾走,免受大老婆迫害。盒子被打草鞋、磨豆腐的张元秀拾得,给婴儿取名张继保,爱如掌上珠。张氏夫妇含辛茹苦地把张继保养大,并送他读书。张继保十三岁时,因被同学骂是"没爹的孩子",急急向父母询问情由,口出不敬,被张元秀责打,继保逃到了清风亭。此时周桂英已经当家,为寻夫来到此处,发现了张继保。因看到血书,得知继保就是自己的儿子,继保也希图富贵,就跟上周桂英进京。张氏夫妇思念继保成疾,每日到清风亭下望儿归来。张继保长大,做了官。某日,听说有贵官来到清风亭小憩,张氏夫妇见此官员就是张继保,上前相见。谁知张继保竟不肯与贫穷的养父母相认,反而驱赶风烛残年的张元秀夫妇。张氏夫妇悲愤至极,撞亭柱身亡。苍天有眼，张继保亦遭雷殛。

魏长生所饰演的周桂英戏份不算多，但演尽了人间冷暖和母子情深。虽然是配角，却也有一段"耍伞"的精彩表演：周桂英行路遇上天降大雨，魏长生用一套耍伞的表演，配合着翻身、卧云、圆场、下叉、梆子步，把雨势的大小、风力的强弱、山路的崎岖、上山下山的情景表现得惟妙惟肖，使人看了如亲临其境。

台下的看客赞叹魏长生的表演技艺，更深深地谴责那个忘恩负义的不孝子张继保，看到他终遭雷殛，一片欢呼：

"雷神爷有眼啊！"

《赛琵琶》也是一部非常折磨人感情的戏。说的是北宋时陈留郡的士子陈世美家境贫寒，与父母妻儿清苦度日。陈世美进京赶考，高中状元，被皇家看中招为郡马。从此他抛妻弃子，也不顾父母。其妻秦香莲侍奉公婆，抚养儿女，艰苦备尝。后来公婆病死，秦香莲埋葬了老人，进京寻夫。这段故事有些像《琵琶记》的赵五娘，所以此剧称《赛琵琶》。秦香莲带着一双小儿女来到京城，可是陈世美拒不相认。秦香莲只能流落街头，弹琵琶唱曲乞讨诉说冤苦。此事为宰相王延龄所知，王延龄借为陈世美祝贺生日的机会，让琵琶女来唱曲，使夫妻相见。陈世美认出秦香莲，要将她赶走，秦香莲说："我可以离去，生死有命。儿女是你亲生，请你收养。"陈心有所动，但再三思之，还是大骂一通，使门官把香莲母子推出门外。陈世美心想秦香莲在京城终有不便，晚上派杀手到旅店刺杀香莲和儿女，多亏店主人预先察觉，让香莲母子逃走，躲到三官庙里。半夜，香莲解下衣裙给儿女盖在身上，自己上吊求死，三官神把她救下，并授之以兵法。适逢西夏入侵，朝廷招募能人挂帅，秦香莲应征，挂帅出征，得建奇功，和儿女都封了官。王丞相得知陈世美派刺客杀妻事，甚为不平，以陈有前妻欺君事参劾陈世美，陈世美被捕下狱。秦香莲率儿女立功归来，皇上把几件案子让秦香莲主持审判，其中就有陈世美杀妻灭子一案。秦香莲开庭坐堂，陈世美囚服跪阶下，秦香莲痛斥陈世美，历数其罪状，洋洋千余言，将其绳之以法。

看戏的父老及女眷，开始无不为秦香莲落泪，可当看到《女审》一出，则莫不拍手称快！

《赛琵琶》演毕，收锣罢鼓，戏班在东廊下吃饭。西廊下另有一席，是当地的几位秀才在小酌，秀才们酒酣耳热，侃侃而谈。一位秀才抱怨如此盛大的庙会，为何没有把江家雅部德音班请来，只听了一天俚俗的乱弹，有扫雅兴。有人解释，时交暑月，昆腔照例都散班了，只有乱弹班不散，谓之"赶火班"，乱弹班常用于祷祀，演庙台戏，今天以乱弹祈雨，亦无不可。议论中只见焦秀才起立，慷慨陈词：

"诸位学兄，乱弹有何不好？雅部昆曲虽然文雅谐律，可是你若不对着曲本，就听不懂在唱些什么。请问这位仁兄,你可能听懂《牡丹亭》的所有唱词?请你讲讲'袅晴丝吹来闲庭院,摇漾春如线'是什么意思?恐怕你也未必能讲得清楚吧?江鹤亭家雅部所唱,除了《琵琶》《杀狗》《邯郸梦》《一捧雪》十来本,什么《西楼记》《红梨记》之类,无非是男女猥亵,实在不足观。你看花部乱弹倒是多演忠孝节义故事,戏词直朴通俗,妇女儿童都能听懂。音调慷慨,使人血气动荡,也不乏婉转柔美,沁人心脾。你就看今天演的这《清风亭》,张继保忤逆不孝,让人切齿痛恨,终遭雷殛,谁人不痛快!雅部昆腔可有这种好戏?你再看这《赛琵琶》,陈世美家有父母妻儿,中了状元却做了驸马,老婆秦香莲带着一双儿女找上门来,这陈世美非但不相认,还派杀手追杀。幸亏有三官神保护,授以兵法,秦香莲征西立功,亲自审判这个忘恩负义的陈世美,你说痛快不痛快?看前半截,我像蹲在凄风苦雨中,郁郁之气不得申;待看到《女审》一节,才如奇痒得搔,大病顿苏。痛快!痛快!"

众秀才听得才子焦循的一席高论,无不点头称是。魏长生听罢,心想普天下雅人君子虽多,这位高人才是我花部的知音,就整衣上前敬了一大杯酒。

江家春台班的名气越来越大,魏长生的影响也越来越大。闻听魏长生来到扬州,苏州城的山西会馆也派人邀请魏长生到苏州演出。苏州是江南都会,"商贾辐辏,百货骈阗,上自帝京,远连交广,以及海外诸洋,梯航毕至"的"六国码头"，从明朝起，山西、陕西的盐商、茶商、布商、木商、绸缎商、颜料商等就云集苏州。清乾隆年间山西商人在苏州开设的商号已不下百家，仅钱行就达六十六家。乾隆三十年，由李日升、宋泰福等山西商号集资，在山塘的半塘桥兴建山西会馆，用了十二年的时间，乾隆四十二年才建成。会馆规模宏大，有壮丽的关帝殿，也有精美的大戏楼。

魏长生应邀率领春台班的几位骨干伶人，还有二弦子王六，到苏州山西会馆住定，大唱秦腔，乡音乡情自然有山陕乡党捧场。他出众的技艺吸引了苏州的梨园同行前来观摩学习，不光有乱弹班的旦角来投师学艺，就是昆班的旦色也有背着师父偷偷来求教的。不多时候，昆班的《翠屏山·杀奸》的潘巧云，《水浒记·杀惜》的阎婆惜，《义侠记·杀嫂》的潘金莲，《蝴蝶梦·劈棺》的田氏，一个个风流女子都梳水头、踩跷出场，讨得好彩。

魏长生在江府春台班平安度日，虽不清闲但内心充实，画船听雨，深巷杏花，二十四桥明月，日子过得逍遥。可是好日子才过了不到两年，江府就出了塌天大事。

乾隆五十四年大暑，是江春生日。江春吃罢盐商们贺寿的酒宴，回家进门时，一头栽倒，呜呼哀哉。

江府倒了擎天柱，家境很快衰败。其实，江春的一品顶戴得来真是不易，他为皇家效命，捐献和花费的银子太多了，甚至不自量力。乾隆三十五年，皇太后要登泰山，他捐资修了泰安行宫；三十七年，为平定金川之乱，他向朝廷捐银一百万两；三十八年，再捐四百万两；四十年，祝贺金川大捷，捐一百万两；乾隆帝六次南巡，在扬州都是由江春接驾，一出手就是上百万两。扬州的盐商就算是再有钱，如此巨额的捐输也是勉为其难，即使是江南巨富，也架不住如此花费。但是，每次迎驾要出钱，给皇帝修建园林要出钱，这钱都是不能省的。江府日常用度也是一大笔花销，江家是盐商之首，扬州总商，打肿脸也要充胖子。江春经营资金周转不济，还曾经向皇上借银子。

江春死后，儿子江振鸿接手盐业，只能靠举债勉强维持体面的生活。虽然戏班子还是要养，不过再也没有江春那样大手大脚了。

第十六回　庆万寿徽班进帝都

乾隆五十五年八月十三日，是爱新觉罗·弘历的八十岁诞辰，这是一个奇巧的日子，礼部尚书、协办大学士纪晓岚作了一副对联贺寿：

八千为春，八千为秋，八方向化八风和，庆圣寿，八旬逢八月；

五数合天，五数合地，五世同堂五福备，正昌期，五十有五年。

工部尚书、协办大学士彭元瑞也作了一副对子：

龙飞五十有五年，庆一时五数合天，五数合地，五事修，五福备，五世同堂，五色斑斓辉彩服；

鹤算八旬逢八月，祝万岁八千为春，八千为秋，八元进，八恺登，八音从律，八风缥缈奏丹墀。

中国人很重视老年人的整数生日，五十岁、六十岁、七十岁的寿辰一定要认真庆祝，八十岁寿辰更加隆重。既然乾隆八十岁的寿辰如此奇巧,弘历又自诩为"十全老人",因此对这个八十寿辰的庆典就特别重视,提前两年就开始为自己的八十大寿忙活起来了,他指派朝中大臣阿桂、和珅、刘墉等总办庆典事宜,各地官员当然就极尽吹拍奢侈之能事。

庆典的准备是非常隆重不惜靡费的,真舍得烧钱。如王公大臣们为了"八音从律",策划给乾隆献上一套用黄金铸造的编钟,这至少要耗费黄金一万两以上。内务府的官员出主意,要各省督抚捐赠,结果十六枚编钟铸成,用了黄金一万一千四百多两。皇宫里要准备宴会,乾隆要求一定要制作一套精美华丽的掐丝珐琅餐具,以符合大清皇帝的身份。经过能工巧匠的精心设计,餐具制成,碗、盘、碟、盅等两千余件,花费了白银一百一十万两。还有服装四万多套,至于宴会的菜色,仅乾隆的大金龙桌子上就摆了一百零九道菜。

除了这些,还要给皇上贡献娱乐。乾隆皇帝是爱耍爱玩的,也是会耍会玩的主儿,还喜欢万民同乐。他六次下江南,一路上地方官都准备了最好的玩意儿,供皇上开心。乾隆皇帝下江南,每次都过扬州,龙船进入扬州境,以高桥为起点,到迎恩亭为止,绵亘数十里,两岸摆设着迎驾的"档子",由江淮南北的官商们分成三十个工段,每一工段都设有香亭,并搭有戏台,奏乐演戏,天宁寺行宫的大戏台更加辉煌。不管皇上有没有兴趣有没有时间看戏,这戏是一定要准备上的,作为雅部的扬州的昆曲戏班,和来自各地的乱弹戏戏班,都到这些大小戏台上献艺。

万岁爷在北京的八旬庆典就更加不得了,听说从正阳门出发到天坛、地坛、日坛、月坛、社稷坛,大街上都要搭彩棚,办花会,组织各种玩意儿。北京当地现成的有中幡会、云车会、少林会、狮子会、太平鼓、老秧歌、走跷、龙灯、旱船、竹马、十二相等,随时可以上街表演,各地的官员也都准备把当地最好看的玩意儿送到这些彩棚里添彩。

杭州的闽浙总督伍拉纳除了进贡寿山鸡血石、福州漆器、杭州丝绸、青田石刻、东阳木雕、龙泉宝剑等闽浙出产的珍贵奇玩,还策划组织一个实力强大的戏班,送进京城参加"皇会",给万岁爷祝寿,一切费用当然是要盐商们放血的。

戏班当然要挑选最为走红的,当时在杭州活动的戏班子有十几家,有昆班,有乱弹班,最有人缘最为活跃的乃是昆乱合奏的徽班。无论是市井茶园还是私家堂会,徽班是最受欢迎的,有一个三庆徽班以安庆花部合京秦两腔,更属徽班之翘楚。

凡是徽班的东家都是徽商,在中华商界,徽商是可以和晋商相提并论的强大商帮,从事盐、米、木材、茶叶等贸易,资力雄厚,又善于结交官府,遍布南北各地,有"无徽不成市"的说法。不少徽州商人出钱自组戏班,作为承应官府、商贸往来和自娱自乐之用。这种戏班大都人才济济,剧目丰富,装备优裕,深受人们的羡慕和赞扬。徽班的伶人大多来自安庆府怀宁石牌镇,所以又有"无石不成班"之说。徽班伶人所唱有昆曲,有青阳腔,有吹腔、拨子,也能唱京腔、秦腔,但是最为时行的是二簧调。徽商足迹遍天下,徽班也就跟着徽商走遍天下。

伍拉纳是一个很会谋划算计的官员,他既然决定要徽商出钱,就选定了送三庆徽班进贡。既然让这个三庆班进京,就必须要它在京城崭露头角,在万寿庆典的众多游艺中大出风头,说不定还有万一的机会,能让它上达天听,在万岁爷御前承应呢!所以演出的戏码也必须修改安排妥当,绝对不可触犯忌讳。既然如此,三庆班进京必须认真筹划设计,这就得到扬州去求教和充实了。

若论给皇上演戏,扬州的盐商最有经验。扬州有七大"内班",都是唱昆曲的,随时听从召唤;江南的集秀班是为迎接乾隆几次南巡而集结起来的最优秀的昆班,隆重的乾隆万寿庆典当然是要进京的;江春家有一个专唱昆曲的雅部德音班,还有一个唱乱弹的规模庞大的花部春台班,都是为了迎驾演戏之需的。杭州和扬州的盐商们商量,同意给伍拉纳大人一个大大的面子,江振鸿做主答应在春台班选拔一批出色的伶人充实三庆班,组织起一个以二簧调为主体的花雅兼备、实力超强的戏班,送往北京城给皇上庆寿,也算得上是继承江春的作风。

三庆班顺利组成了。掌班者安庆人高月官,是年齿稍长的一位二簧调旦角，也能唱昆曲、高腔、秦腔和时下流行的歌曲。班内集合了郝天秀、杨八官、熊肥子等一干乱弹名伶，还有陈喜官、邱玉官、苏小三、双凤官、沈翠林、沈霞官等一批十几二十来岁的新秀，他们大多是魏长生的徒弟。这是一个集合花雅两部精华的新型的戏班，不仅唱二簧调，也唱昆曲、吹腔、拨子、秦腔、京腔等，真个是花雅兼容，诸腔杂奏，雅俗共赏。

七月的吉日，在一番鼓乐吹打和鞭炮轰响中，三庆徽班登上了江春家北上的盐船。

实力强大的三庆徽班出发了，大名鼎鼎的魏长生虽然参与策划，本人却不在其中。原因很简单，当年把秦腔驱赶出京城时，是有圣旨要"所有京城地方，着交和珅严查饬禁，并着传谕江苏、安徽巡抚，苏州织造，两淮盐政，一体严行查禁"的。当年江春收留了魏长生，纯属法外的私人行为，也包括看江春个人特殊的面子。按照规定，各地保送进京为皇上献艺的戏班人员，都是要有花名册详列伶人行当、姓名、籍贯，连场面伴奏的乐手的职司、姓名、籍贯也必须写得清清楚楚。花名册和所演剧目的剧本，一起精抄报官，以备御览。主其事者和珅焉能不记得这个魏三？所以魏长生的名字是绝对不可进入花名册的。

送走了三庆班，魏长生的日子很闲散，心情却并不愉快。有一天，他到瘦西湖泛舟散闷，一伙青楼姐妹闻风而来，她们坐着画舫，奏弄着乐器，唱着小曲，摆好了茶点，请魏长生过船来同乐。只见魏长生意态苍凉地端坐船椅上，礼貌地拱一拱手，又深鞠一躬，谢绝了她们的邀请，示意船家速速将船儿划开去。花船上的女子们大喊一声"咦——"，哈哈大笑，齐声嚷嚷：

"魏三官，傻鸟！好不解风情呀！"

她们不知魏长生在想着自己的心事呢！

从乾隆四十四年离家，在北京，在扬州，已经过去十多年了。人说"戏子无义"，此论大谬。魏长生漂泊江湖，自信不曾为害同行，长期离家，不曾另立家室，也算得不负妻子。说起妻子，魏长生感到惭愧，他没有和爱妻共同挑起晨昏定省奉养父母的担子，也没有尽到教养儿子的责任。想到儿子，儿子金哥也该娶妻生子了。这些年来，魏长生凭自己的技艺，颇挣得一些银两，先后寄回家中。现在江春已经去世，广达盐号的生意已不如从前，春台班只能勉力维持，几个主力已经被三庆班带走，剩下来的大都是些孩子，魏长生感到他在春台班该做的事情已经快要做完了，应该回家了。

不久，北京传来消息，说是三庆班大出风头，结下了人缘戏缘，准备在京城常驻了，这当然是个令人鼓舞的信息。魏长生明白，三庆班之所以能在龙虎纷争的北京梨园立定脚跟，主要原因是它的花雅兼容的队伍可以备雅俗共赏，能适应北京人杂七杂八的胃口。另一个原因，是徽商在北京也很有实力，安徽会馆有富丽堂皇的大戏台，有徽商做后台靠山，三庆班在北京落脚当然是有保障的。

魏长生想，扬州江家的春台班剩下来的这群孩子，如果再加调教一番，未必不能再组成一支昆乱兼备、行当齐全、以稚嫩青涩为长的梨园新花，进京一展光彩。他向江振鸿说明这个意思，江振鸿也赞成，魏长生就安下心来，给孩子们教戏。乾隆五十八年夏，这个戏班组成，以"集秀扬部"为名进京，行当各色富丽齐楚，各行伶人都非常年轻，轰动北京，足冠一时，这是后话。

人道是"树大招风，秀木易摧"，此话一点不假。五年前，那一道圣旨秦腔被逐出京城。魏长生愤而离京，受江春之邀来到扬州，以为是离开了是非之地。可是，迎接他的除了广大士民看客的热情喝彩，同时还有一些真真假假的礼教卫道士们的切齿，由此招来无妄之灾。

有些南下的无事生非的官员，发现被逐出京师的秦腔在扬州却大红大紫，领衔的名角正是那个梆子名伶魏三，这可是他们向上边密告邀功的真材实货。苏州、扬州等地一些蓄养昆班的家主，发现自家的昆班子弟竟敢背师学艺，向梆子名伶请益受教，这也是大跌身份不可容忍的事。于是，魏长生无端地成了江南缙绅的共同仇家。

江春在世时，这些人虽然对魏长生的走红心存不满，但他们只能暗暗嘀咕，不敢有所动作。江春是"两淮八大总商"

之首，更有"一品光禄大夫"之衔。他是乾隆帝下江南奢费的金主，在皇上跟前有大大的面子。魏长生是江春的座上宾，那些人虽想找魏长生的麻烦，却不敢出头露面。

江春一死，魏长生失去了强大的保护伞，仇家们对魏长生的攻击就无所顾忌了。他们开始给扬州和苏州的官府递条子，安上一个"狭邪媟亵、怪诞悖乱"的罪名，同时搬出当年京城禁唱秦腔的法令，请求地方官把魏长生和秦腔，连同徽班带来的二簧调等，一起逐出扬州，赶出江南。

其实，魏长生到扬州之后，担任的是春台班的教习。春台班虽然唱的是诸腔杂调，但江春蓄养这个花部戏班的主要用意是随时准备给皇上演戏，当然不会排演那些"淫邪悖乱"的戏。事实上此时的魏长生演出的已多是《清风亭》《赛琵琶》之类忠孝贞烈之剧，作风大有转变。但是，他的对头们却罔顾这些事实，所谓"欲加之罪，何患无辞"。当然，花部诸腔的伶人们演出的剧目也确实很复杂，想找出"违碍"的内容并不难。早在十年前，清廷已经在扬州设局做全国规模的戏曲审查。要想给戏曲挑毛病，扬州可不缺少行家。

这些条陈起初是匿名，继而是公开联名，渐渐引起了官府的注意。这消息很快就传到魏长生的耳朵里。魏长生心想这是要赶尽杀绝啊！他再一次产生了生存的恐惧，心想扬州虽然好，不如归去来。

正当魏长生为进退踌躇时，金堂老家有信来，说是父亲病重盼儿归，魏长生没有什么可犹豫的了，归去来兮。古人云："腰缠十万贯，骑鹤下扬州。"魏长生凭一身本事，到扬州闯荡了五年，也没有攒下十万贯，到底不过是个唱戏的。江鹤汀已逝，自己年纪也逐渐老大，在这纸醉金迷的扬州城里，恐怕也没有好日子过了。他把积攒的一些银两兑成广达盐号的"会券"——扬州江春的广达盐号是兼营汇兑业务的，只要把银子在广达换成"会券"，在成都就能见票兑付——收拾了一个大大的行李，搭上广达号的盐船，告别扬州，回归故乡了。二弦子王六在四川老家已无亲人，继续留在扬州教春台班的孩子们唱秦腔。

江上阴雨连绵，还不时飘起雪花，船窗外雨雪霏霏，坐在船舱里的魏长生心里冷飕飕的。广达号船队溯江而上，经汉口达襄阳。魏长生从襄阳起旱，进汉中，过广元，到达金堂已经是隆冬岁末。

魏老倌没有等到三儿归来，撒手西去了。

魏长生到家时，开门的儿子金哥不认识他，王秀玲出来看时，也是一愣。当年这个玉面郎君的唇边如今长出来一层黑胡茬儿，脸颊消瘦了，额头也出现了皱纹。如果此刻王木匠看到这副面容，恐怕再也不会有当年的那般欣赏和激动了。魏长生进屋，看到供桌上父亲的灵牌，跪下来放声大哭。母亲闻声从里屋蹒跚走出，见到儿子，一头倒在魏三的怀里。

魏长生还乡给老魏家增添了哭丧的悲声，也缓解了王秀玲心中的思念，几天之后，魏家恢复了平静。

在这个小镇上，魏家已经算是小康人家，魏长生在外边挣钱，金哥也跟外公学得一手木匠手艺。魏长生在扬州时，王木匠已经做主给金哥聘下了媳妇，是小河村李铁匠家的女儿。

人过不惑之年，魏长生还不忘初心，几十年的闯荡，他已坚信自己命中注定这辈子是要做戏子的。当年恩师万人迷说自己是成龙之才，魏长生不负师父的厚望，在南北戏台上凭自己挣得的声望，也称得上是"万人迷"，在梨园江湖里也称得起是一条小龙了。他不甘心在金堂养老，还是要去成都梨园走走，那里才是他安身立命的田地。现在以他的身份，有资格在任何一家弹戏班子搭班。

魏长生脾气干脆，说走就走。他在成都顺城街租了房子，安顿下来就去打听戏班。弹戏金贵班早已报散，侯庆山不知去向，现在成都的最大的弹戏班子是顺和班。魏长生说明入班来意，班主金顺和求之不得。魏长生虽然已经年近知命了，班主仍然是给他"大脑壳"的待遇，因为魏长生的名气大啊！一切讲妥，魏长生成了顺和班的成员。

他去鹤鸣班寻访杨永善，鹤鸣班已不在成都，下了重庆。想到杨永善，他就想到老朋友李调元，当时李调元已经回到老家，魏长生去信绵州问候，告诉他自己回到了成都。李调

元得信后很感动,作诗《得魏婉卿书二首》以怀友人:

其一

魏王船上客,久别自燕京。

忽得锦官信,来从绣水城。

讴推王豹善,曲著野狐名。

声价当年贵,千金字不轻。

其二

傅粉何平叔,施朱张六郎。

一生花底活,三日坐中香。

假髻云霞腻,缠头金玉相。

燕兰谁作谱,名独殿群芳。

李调元对魏长生夸赞备至,夸他的容貌白净俊美,把他比作三国后期的美男子何晏(何平叔);夸他唱得好,把他比作春秋时卫国的歌唱家王豹——古时"十二音神"之一,有"韵吟王豹"的美誉。孟子说:"昔者王豹处于淇,而河西善讴。"说的是王豹善讴,影响了淇水一带的人都会唱歌。李调元借这个典故比喻魏长生的成就及其在梨园界的影响,是他引领了梆子腔走向繁荣。当然,李调元也没有忘记夸赞魏长生的"假髻",赞美他"梳水头"的技艺。这种评价不是无端的吹捧,是实至名归。

魏长生在成都平静的日子才过了几年，又赶上了天下动乱。

都道乾隆年间是太平盛世，可是，歌舞升平底下掩盖着的是深刻的社会危机。乾隆后期，由和珅带头贪渎，各地官吏上行下效，贪官污吏横行，官僚大肆兼并土地，各种社会矛盾激化。一些失地的农民逃进了湖北、河南、陕西、四川交界处的深山老林，开荒种地，搭棚佃耕，成为"棚民"，还有河南、安徽、江西等地的流离失所的流民也涌进了这一带。聚居于此的穷人饥民以百万计，绝望中的民众成为民间秘密宗教白莲教传教的对象，白莲教宣传的"教中所获，悉以均分""有患相救，有难相死，不持一钱可周行天下"等口号，对他们很有吸引力，入教者成群结队。嘉庆元年正月，湖北枝江、宜都的白莲教首领率众起事；三月，白莲教女首领王聪儿在襄阳率众起兵造反。朝廷派湖广总督毕沅、湖北巡抚惠龄、西安将军恒瑞等率兵镇压，一场旷日持久的"川楚教乱"震惊朝廷。嘉庆四年底，乱军首领冉天元率部由陕入川，大败官兵。冉天元打到了绵州金山驿，李调元逃到成都避乱，他家藏书的万卷楼被焚。嘉庆五年正月，乱军深入川西腹地，成都城戒严。

兵荒马乱，魏长生无法唱戏了，又一次陷入了苦恼境地。他和李调元商议，有再次进京之意。李调元赞成魏长生的动议，他也认为成都这一潭水无法养得下魏长生这条龙，说是

"好男儿志在四方",鼓励他进京重整旗鼓。可是川、陕、楚都在用兵,如何通关过卡?只能等待机会。

机会终于来了。李调元的老友于得水是成都知府,去年"大计"外吏,于得水考评"卓异",很受朝廷信任,降旨要于得水觐见,报告战备与教乱实况。因李调元的面子,魏长生可以拿到"关防",跟随于得水的队伍进京。于是,魏长生再一次骑马过蜀道了,一路上通过官兵把守的驿道,晓行夜宿,嘉庆五年十月间到达北京。

第十七回　魏长生三进北京城

魏长生回到天寿堂，开门的是李香官。十多年不见，香官老了许多，留了胡须，早已不唱戏了，专门看守天寿堂和梨园馆。翠儿嫁人了，嫁给了一个货郎为妻。

李香官说，当年的双庆班改成的永庆班，也早就散班了，三寿官回了西安。林兴官也不唱戏了，到门框胡同丈人家的火烧铺当了掌柜。王子文抄写《四库全书》考评一等，派了外官，到山东平度做了通判。李笑山也升了官，到直隶满城当知县去了。

魏长生到街上走走，北京城市面如旧，梨园却大有改观。乾隆五十五年三庆徽班进京，一炮打响，至此已经过了十年光景。三庆班能在北京唱响，还能在北京立定脚跟，是大有文章的。徽班伶人大都来自安庆怀宁石牌一带，当年资助三庆班进京的是主持盐政的徽商，徽商在北京的势力也是很强大的，依然是三庆班的金主和后盾。北京人爱听戏，可是听戏的胃口也是很高很杂的，不好伺候。都说"众口难调"，三庆班却能把北京人听戏的口味调和得很好，他们带来的二簧调和吹腔、拨子，让北京人尝到了新鲜。文人雅士们听这"徽部"的戏也不会失望，因为他们演的昆曲戏也不少。如果老北京想听高腔、秦腔，他们也有高腔、秦腔的好戏。秦腔虽然遭禁，但只要戏码不犯忌讳，也不妨夹在二簧吹拨里谨慎地唱上几出。给乾隆爷祝寿也给徽班带来了好运气，三庆徽部不回扬州了，索性在北京落户扎根，三庆班的人马愿回的回，愿留的留，高月官率班坐镇北京。

徽班生意很兴隆，徽商出资在大栅栏开设了一个新茶园叫作"宴乐居"。宴乐居的门面、戏台、茶座富丽堂皇，人称"京都第一"。

魏长生便到这"京都第一"的宴乐居拜访故旧。此时三庆班的名角儿郝天秀等已经被扬州的江振鸿召回，他们是春台班的顶梁柱。留在北京的三庆班，全体人马由高月官掌管。

高月官，字朗亭，四十多岁了，身材有些发福，丰厚有余而轻柔不足，现在比在扬州时更胖了些。他的相貌本来有些苍老，现在就更加不显娇媚，可是他一举一动酷像女人，上台后一颦一笑、一起一坐，描摹女子几臻化境，人们会忘记他是个假妇人。当年人们戏称魏三是"一世之雌"，如今这个评价就转送给高朗亭了。高朗亭戏路子宽，他不仅是二簧耆宿，而且昆曲唱得也好，还会唱【寄生草】【剪靛花】之类的靡靡小调。年过不惑，他已很少登台了，只有相识的老朋友来捧场时，他才偶一出台。

魏长生来时，赶上高朗亭有戏出台。高朗亭已化妆完毕，今天他要扮的是《傻子成亲》的小旦，这是他的拿手好戏。

等到戏演完，卸过妆，二人到淮扬春酒馆小酌，互道契阔。高月官感叹：

"老了，老了！登台唱戏，偶一为之而已。魏三爷比我还年长，雄心仍不减当年，佩服！佩服！"

"朗亭见笑了。年过知命，本该在家养老了，这次来京，一是逃避战乱，二是戏瘾难熬，祖师爷赏给这碗饭，舍不得丢啊！人活一日，就得给祖师爷烧一天的香，磕一天的头，唱一天的戏。"

"也是，也是，咱们这辈子命中注定就是唱戏了。"

高月官说，南方的同行听说北京的戏饭容易吃，徽班就接踵而来，走的都是花雅兼备的路子。伶人戏子闯荡京城实在不容易，你争我夺都为了一口饭。争来夺去，大家认定了还是徽班的路子正当，雅俗诸腔的伶人凑在同一个锅里吃饭，互相支撑，互相学习，互相添补，命运与共，日子要好过些。徽班也真争气，跟着三庆徽部来京的四庆徽部、五庆徽部都有名角出台，表现不俗。三庆班进京才十年，北京梨园已成徽班的天下。

高月官和魏长生碰杯，兴奋地说：

"三爷，你可曾留意，如今徽班的旦角全都是梳水头，都踩了跷，这都是沾了你魏三官魏婉卿的雨露啊！"

高月官告诉魏长生，还有一个春台徽班正在中和园唱戏，这也是徽班的一枝花，乾隆五十八年夏天来京，起初叫作"集秀扬部"，是以江家的春台班为班底，仿照昆曲"集秀班"选拔扬州的昆乱新秀组成的娃娃班，行当各色富丽齐楚，伶工都是十几岁的孩子。魏长生知道，这个集秀扬部里最好的几个旦角，都是自己当年在江家亲手调教过的徒弟。

如今的高月官稳掌三庆徽部的帅印，不怕当年这位"野狐教主"抢夺自己的饭碗，他问魏长生：

"三爷，可肯屈驾到我三庆一展锋芒？"

"再说，再说。"

魏长生打听北京可有专唱秦腔的戏班，高月官说，现在北京的京腔班、徽班也都兼唱秦腔了，但纯粹的秦腔班只有一个双和部。

魏长生感慨京中秦腔的凋零，他不知道，在他离开扬州以后，江南的梨园界曾发生了一次大的震荡。魏长生在扬州、苏州的走红和徽班的兴盛，搅动了江南梨园，白莲教掀起的"川楚教乱"更戳痛了官府的敏感神经，引起某种恐慌。清廷对关系"风俗人心"的戏曲陡生警惕，嘉庆三年三月初四，江宁巡抚出了一通告示，传达了北京的圣旨：

兵部侍郎兼都察院右副都御史总理粮储提督军务巡抚江宁等处地方事务费为晓谕事。

照得钦奉谕旨。元明以来，流传剧本，皆系昆弋两腔，已非古乐正音，但其节奏腔调，犹有五音遗意。即扮演故事，亦有谈忠说孝，尚足以观感劝惩。乃近日倡有乱弹、梆子、弦索、秦腔等戏，声音既属淫靡，其所扮演者，非狭邪媟亵，即怪诞悖乱之事，于风俗人心，殊有关系。此等腔调，虽起自秦皖，而各处辗转流传，竞相仿效。即苏州、扬州，向习昆腔，近有厌旧喜新，皆以乱弹等腔为新奇可喜，转将素习昆腔抛弃。流风日下，不可不严行禁止。嗣后除昆弋两腔仍照旧准其演唱，其外乱弹、梆子、弦索、秦腔等戏，概不准再行唱演。所有京城地方，着交和珅严查饬禁，并着传谕江苏、安徽巡抚，苏州织造，两淮盐政，一体严行查禁。如再有仍前唱演者，惟该巡抚、盐政、织造是问。钦此。

钦遵。查乱弹、梆子、弦索、秦腔等戏，淫靡媟亵，怪诞不经，最为风俗人心之害。今钦奉谕旨，饬禁森严。即应先令民间概行摒弃，不复演唱，则此种戏班，无技可施，庶不致辗转流传，竞相仿效。除行司转饬查禁，如系外来之班，谕令作速回籍，毋许在境逗留。其原系本省之班，如能改习昆弋两腔，仍准演唱外，合亟出示晓谕。为此示仰阖属军民人等及各戏馆知悉。嗣后民间演唱戏剧，止许扮演昆弋两腔。其有演乱弹等戏者，定将演戏之家及在班人等，均照违制律，一体治罪，断不宽贷。各宜凛遵毋违。特示。

这个江宁巡抚的告示，是在贯彻落实来自北京的圣旨。其目标是要扫除"起自秦皖"的秦腔班和徽班，至少要把他们逐出苏州、扬州等大都市。官府对乱弹戏如此深恶痛绝，其根本原因乃是乱弹戏所扮演多为"怪诞悖乱之事，于风俗人心，殊有关系"。

这个禁令一发布，直接的受益者是昆腔班和弋腔班。有官府的支持，他们以为乱弹戏的演唱被明令禁止，从此将不存在市场的竞争者，至少在和乱弹班较量时更有了底气。皇恩浩荡，又有权臣主其事，看来真是威力无比。苏州的昆班欢欣鼓舞，他们希望这个禁令能永远生效，于是大伙集资（也可能是官府授意）在苏州老郎庙里立了一通石碑，把这个禁令镌刻在碑上，并且署名"合郡梨园，如意、吉祥、建兴、建隆、建恒、建永、建福、建升、建安、建新、建泰、建宁、建仁、建义、建礼、建智、八音、永安、长庆，各会公立。"

这个禁戏的告示措辞非常严厉，手段也够狠辣，魏长生当然是首当其冲的相关人物。可是，此告示发布时，魏长生早已回转原籍，不在扬州了。

天下事总有让当事者大感意外的。这道针对秦腔的禁令颁布才九个月，苏州老郎庙里那通丰碑刻成不久，北京皇宫里就出了大事。嘉庆四年正月初三，太上皇乾隆帝弘历这个"十全老人"驾崩了，权臣和珅失去了靠山和保护伞，嘉庆帝也没有了压在头顶上的大盖子，立即开始了对和珅的清算。正月十三，嘉庆皇帝宣布了和珅的二十条大罪，下旨抄家，一下子就抄出了白银八亿两，相当于清廷十五年的财政收入！正月十八，廷议把罪大恶极的和珅凌迟。但和珅毕竟是老皇帝所宠爱的大红人，担任过先朝的大臣，还是要留一点面子的，就改为赐和珅狱中自尽。最后，皇帝赐和珅在自己家中用白绫自缢。

　　当年和珅当权时，不知怎么弄得那一道圣旨，发布了禁唱秦腔的命令。等到这个超级大贪官一死，由他亲自主持"严查饬禁"的那道禁令也便渐渐地失去了实际效力，那句"所有京城地方，着交和珅严查饬禁"的特别提示，随着和珅的倒台，反而更促成这道禁令的自然失效。秦腔本来是被赶出京城的，只能在北京城的周围打转转，一旦没有了和珅的"严查饬禁"，现在秦腔班又回城了，也没人管了，所以秦腔双和班又大模大样地在京城开张了。人们更想不到的是，江宁巡抚衙门那道禁令所要驱逐的"起自秦皖"的"乱弹、梆子、弦索、秦腔等戏"，趁着乾隆皇上八旬庆典的热闹，连同昆腔和弋腔一道被三庆徽班一揽子带进了北京，而且在北京扎下根来。紧跟着三庆班，又有四庆徽班、五庆徽班等进京。看来和珅并没有那么认真负责地去"严查饬禁"，他的心思和精力就没用在这件事上。

第二天，魏长生去看望集秀扬部，当年春台班一批年轻的名伶倪元龄、李福龄、李桂龄等见老师父莅临，一齐拜倒在魏长生脚下。魏长生深感师道尊严，心里充满了成就感。

魏长生又到门框胡同寻访老搭档林兴官，林兴官正在神情专注地打烧饼，没留意魏长生的到来。只见他右手持擀面杖，在案板上敲出动听的鼓点儿，左手把面团玩得飞转，看起来像玩杂耍儿，口里还时不时地甩出两句梆子小生腔，引得路人驻足回头。魏长生等他手头暂歇，要回里屋时，突然上前问话，林兴官一见魏长生，大吃一惊，来不及洗手就和魏长生抱在了一起。

这一对京都名伶在烧饼铺的板凳上坐下来，各自叙说分别后的岁月。当年北京城禁唱秦腔，秦腔伶人只能改搭昆弋班，林兴官不想在永庆班混下去，就自谋生路做起打烧饼的营生了。林兴官对改行打饼似乎并无遗憾，他自嘲地说：

"戏台上表演潘金莲《打饼》，那是做戏，要的是假玩意儿，而今我可是真的打饼了。"

他如数家珍地向魏长生介绍起烧饼的大学问——带芝麻的叫"烧饼"，不带芝麻的叫"火烧"。烧饼又有芝麻酱烧饼、马蹄烧饼、吊炉烧饼、焖炉烧饼、缸炉烧饼。火烧也是烙出来的饼，有糖火烧、螺蛳转儿、油酥火烧、马蹄火烧、澄沙火烧，还有宫里传出来的炸肉火烧。他掰着指头，一数数出了十七八种。林兴官自豪地说，他也能做出十几种香喷喷的烧饼来。

魏长生听着昔日的梆子小生大念烧饼经，心里很不是滋味，也未敢妄加评论，就岔开话题，询问几个徒弟的状况。林兴官告诉魏长生，几个徒弟都长了出息，刘芸阁、王湘兰、陈银官都成了红伶，有文人才子捧场，都给他们作了诗，编进了《燕兰小谱》，在书肆里卖呢！说到最得意的弟子陈银官时，林兴官摇头感叹：

"可惜呀！陈银官毁了，被赶回老家了。"

魏长生很惊讶，陈银官是成都人，他如果被赶回原籍，那应该能碰到的，可是他在成都没有见到陈银官呀！当年魏长生在双庆部，陈银官在宜庆部，师徒二人成了京城梨园的双星。

林兴官说，魏长生离京之后，陈银官混得大红大紫，攒了很多银子，还买了房子。有了钱，架子就大了。有人来求见，给的银子少了都不让进门；请他吃饭陪酒，非肉市的金陵楼不去。可是这个红极一时的名伶却被人骗了。有一天银官唱完了戏，到官座给一位大人物敬烟，那个衣帽华贵的客人给仆人使了个眼色，仆人立即拿出两个大元宝送给陈银官。银官大吃一惊，客人自说是广东某地的知府，来京是补选观察的，很快就要离京。银官没见过如此阔绰的客人，心里很是感谢，邀请客人到家里，设宴招待。客人起初谢绝，说忙得很，没有时间，后来勉强答应，出席了陈银官的家宴。觥筹交错，酒醉饭饱，银官留客人在家住宿，还睡到了一块儿。万没料到客人在酒里下了蒙汗药，第二天太阳老高，银官才醒过来，客人早已不知去向。他家的箱子柜子被翻了个遍，所有的珠宝金银都给卷走了，这成了北京梨园界的大笑话。祸不单行，后来陈银官又倒了霉，他误撞了巡城御史的车子，被逮送衙门，挨了三十板子，差一点被充军，幸亏有老相好李载园给疏通，递解回原籍。至于是否回到成都，谁也不知道，有谁去关心一个戏子的下场呢？

魏长生听罢，感慨系之：

"我辈优伶虽为贱民，做人也不易。钱神万能，可救人，也可害人，活活地毁了我梨园一个好子弟！"

魏长生和林兴官告别，到书肆转转，想把林兴官说的那《燕兰小谱》买来读读。他在潇湘斋书铺果然找到此书，还找到一种《消寒新咏》，一并买下，带回了天寿堂。

魏长生先读《燕兰小谱》。此书是魏长生南下扬州之后刊行的，作者署名西湖安乐山樵，真名是吴长元。此人家世翩翩，性情落落，身留燕市，流连于舞榭歌楼，是一位情痴戏迷。他给京城里的花部和雅部的六十四位旦角各自题了诗，介绍他们的籍贯出身，品评他们的才艺特长。花部所咏四十四人，第一名就是陈银官，接下来是王桂山、刘玉、刘德辉。魏长生看着这几个名字，不禁感叹：

"龟儿子们，都长出息了！各人的命不同啊！"

这四个人,在京都舞台上有"四美"的盛誉,他们都是魏长生的徒弟,但是论成就哪能和魏长生相比?《燕兰小谱》评说魏长生的"曲艺之佳,实超时辈",这是很公道的。

魏长生翻到此书第三卷末尾,终于发现了这位安乐山樵说到自己:

魏三,名长生,字婉卿,四川金堂人,伶中子都也。昔在双庆部以《滚楼》一出,奔走豪儿,士大夫亦为心醉。其他杂剧子胄,无非科诨诲淫之状,使京腔旧本束之高阁,一时歌楼观者如堵,而六大班几无人过问,或至散去。白香山云:"三千宠爱在一身,六宫粉黛无颜色。"真可为长叹息者。

魏长生读到这里,不禁摇头一笑,心想,这确实是当年的光景,不过你山樵何必如此叹息!何必如此伤情!北京城里的爷儿们所好不就是这一口儿吗?无论是富贾豪儿还是士大夫都喜欢看粉戏嘛!

魏长生的弟子很多,陈、王、二刘,乘风继起,走的都是魏长生早年香艳的路子,所以魏长生就有了"野狐教主"的诨号。不过,后来魏长生年齿渐长,作风也有了变化,渐渐地就不演那些粉戏了。安乐山樵感慨道:

幸年届房老,近见其演贞烈之剧,声容真切,令人欲泪,则扫除脂粉,固犹是梨园佳子弟也。效颦者当先有其真色,而后可免东家之诮耳。

文章的后边,还缀有四首诗,说的是同样的意思:

媚态绥绥别有姿,
何郎朱粉总宜施。
自来海上人争逐,
笑尔翻成一世雌。

镜殿春风作意描,
阿翁瞥见也魂消。
十香词好从儿唱,
赢得罗裙几度娇。

触处相关儿女情,
欢场喜见一番更。
梨园旧曲无人顾,
尽日闲愁白发生。

黯黯春云暖欲低,

桃花红蕊乱莺啼。

效颦邻女空娇小，

未许侬家旧姓西。

魏长生掩卷击节，长叹一声：

"安乐山樵可算我的知音也！"

用了两天时间，读完了《燕兰小谱》，魏长生又读《消寒新咏》。这是署名铁桥山人、石坪居士和问津渔者的三位戏迷，在乾隆五十九年冬至到六十年春分写成的一部梨园歌咏，题咏花雅各部戏曲伶人四十五名，品评剧目一百二十余出。作者对其欣赏的伶人，各以一花一鸟作比喻。例如把集秀扬部的小旦倪元龄官比作水仙、翡翠，把贴旦李福龄官比作芙蓉、鹧鸪，把小生李桂龄官比作含笑花、鸳鸯；把五庆徽部的小生胡祥龄官比作梨花、春燕，把贴旦潘巧玲官比作玉簪花、鹌鹑。评论所及有关伶人的性情、品格以及台风等。这些娃娃都是魏长生在扬州时教过的弟子，魏长生觉得这些比喻还有些意思。作者对戏剧人物的解释，对表演要领的提示，对表演规范的探索，对表演风格的褒贬，对京师梨园风气的批评等，都很有见地。

魏长生读完了《消寒新咏》，看全书题咏的秦腔班子只有一个双和部，名角只有一个安崇官。安崇官是小旦，走的也是"雨态云情"的路子，以粉戏见长。

魏长生决定搭双和班，重拾旧业。

双和班的班主于老六见当年的"野狐教主"驾临，表示热烈欢迎，说魏三官重返京师戏台，打炮戏就请唱《滚楼》吧。魏长生说自己已经年齿老大，不再唱这种风情戏了，实则是几十年的江湖体验，魏长生变得更加自知，更加自律，更加自爱。梨园既已成名，就用不着靠这种粉戏招徕看客了。他就像一只老年的孔雀，更加珍惜自己的羽毛。

于老六也不勉强他，礼貌地说，想唱什么戏由魏三官自定。从此，魏长生在双和班落脚。

第十八回　殒高台魂归蜀道南

魏长生有自知之明。高台教化，本是政令所倡，也是祖师爷的教导，不可违反。自己已经年过知命，扮相不比当年，不再适合扮演大姑娘小媳妇，就不与年轻人争锋了。他要演出一些倡导忠孝节义的戏，证明自己不是野狐禅。他要扮演一些年龄不太小的女性角色，甚至主动担任配角，把戏台的中心位子让给年轻后学。

人生在世，攀高固然艰难，降格也不容易。为了演唱的戏码，魏长生颇费一番斟酌。

这次回京的第一台戏，魏长生演的是《香联串》，这是一个荒诞的故事。书生杨天禄进京赶考，以所带"香联串珠"为凭，顺便去见从未谋面的岳父王宏和未婚妻王秀兰。恶仆张宽杀害了杨天禄，劫得行囊，假冒杨天禄之名往见王氏父女。杨天禄被周仓神救走，衣衫褴褛地登王门求见，被门官误认为骗子而打昏，又被乞儿救活。后来杨天禄从军，立大功凯旋，擒杀张宽，取回了香联串珠，和王秀兰完婚。

这是一部以小生（杨天禄）、小丑（张宽）为主的戏，魏长生饰演的王秀兰是一个配角，没有太多的戏份。魏长生还是认真做戏，虽然少有喝彩声，但是他演得丝毫不含糊。

有的看客十几年前就听过魏长生的戏,知道他功夫超群,希望看到他更精彩的表演。

双和班接着贴出了报条,魏长生出演《铁弓缘》。这报条一出,茶园立刻爆满了。

《铁弓缘》演的是英雄儿女的故事。陈秀英和母亲卖茶度日,太原总镇史世龙的流氓儿子见秀英貌美,恃强抢亲,被陈母痛打。史世龙的部将匡忠劝解,史子方得脱身。秀英父亲生前有遗言,说遇到能拉开家中铁弓者,即可娶秀英。匡忠与秀英比武,拉开了铁弓,于是缔结婚姻。史世龙命匡忠押解军饷,又勾结山贼劫夺,匡忠失饷,发配边关。史世龙之子再次逼婚,秀英母女将其诛杀。陈秀英冒匡忠好友王富刚之名,聚义山寨,起兵攻太原。真正的王富刚奉命出战,与陈秀英对阵,难分胜负。匡忠再次被起用,与陈秀英阵前相遇,夫妻团圆。

魏长生扮陈秀英,戏里的陈秀英身跨小花旦和大武生两个行当。

前半部以小花旦应工,魏长生梳水头踩跷,提茶壶出场,活脱脱一个小家碧玉。她两只眼睛往楼上楼下一扫,赢得满堂喝彩。演到和匡忠比武时,连开三膀弓,方显出不寻常的武功。和王富刚对阵一出,陈秀英扎靠出场,要跑一个大圆场,魏长生解下了木跷,穿上厚底靴子,大武生的圆场台步走得又快又稳,背后的四面靠旗纹丝不动,池座和官座顿时响起喝彩声。真假王富刚相同的扮相，各持一支长枪对战，连战几个回合，枪架子有条不紊，魏长生还加了一套"串翻身"，座儿上"好"声连连，盖过了台上的锣鼓声，邻居屋檐下的鸽子惊得扑棱棱乱飞。十年前的情景，重现茶园。

魏长生心劲十足，武场的师傅们理解魏三官的眼色，硬是又把【急急风】的锣鼓点延长了一节，让真假王富刚打了个痛快，角色和看客各自尽兴。魏三官找回了当年的感觉，自觉活力未减，信心满满。老看客们也找回了当年的感觉，佩服魏三官声容如旧，风韵弥佳，文武带打，武技气力更加精妙，风采不减当年。有个小铁笛道人当场就作了两首诗：

英雄儿女一身兼，
老去登场志苦严。
绕指柔含钢百炼，
打熊手是玉纤纤。

侠骨棱棱百感生，
仍余风韵动人情。
君堪与我参同契，
诗酒诙谐意气横。

这位小铁笛道人的诗是第二天送到天寿堂的。魏婉卿与客人诗酒欢谈，讨论戏道与修养，小小的四合院再现了昔日的风光。

魏长生再现京都梨园，激起不小的涟漪，他给北京的秦腔班、京腔班和徽班中有见识的旦角又树立起一个典范。向魏长生学艺的年轻人接踵登门求教，天寿堂恢复了往日的热闹。魏长生收徒弟，不光收秦腔班的，也收京腔班的、徽班的，徽班里本来就已"京秦不分"，嘉庆年间的京腔班也兼唱秦腔了。

在众多的弟子中，最受魏长生器重的是大兴黄村的刘朗玉。朗玉扮相俊美，嗓音圆润，他本来是在珠市口南的小档子里唱小调的，会弹琵琶。魏长生觉得他天资出众，态度又极为恭顺，认定可度以金针，所以倾囊相授。刘朗玉也不让师父失望，他演的《烤火》《背娃进府》《铁弓缘》可以和师父媲美，很快就成了三庆班的台柱。

魏长生除了教戏授徒，自己也频频出台。想当年北京人评价当红的旦角，谓白二日"飘"，谓郑三官曰"骚"，谓魏三日"妖"，说"淫冶之风"是由他煽起的，这个评价当然不太公正准确。现在魏长生决心不再演出香艳骚情的粉戏，但像《铁弓缘》那样的武技功夫戏也不可能经常演出，毕竟是五十多岁的人了，他就常常演出一些像《春秋配》《铁莲花》《背娃进府》《香联串》等这样的有关家庭伦理、人情善恶的戏。

在扬州时，魏长生就常演《铁莲花》，留下极好的口碑。

林兰痴《邗江三百吟》有诗云：

> 喧阗锣鼓手中叉，
> 急管繁弦静又哗。
> 嵩祝都教新改后，
> 魏三留得《铁莲花》。

现在魏长生又把《铁莲花》演到北京。故事说的是刘氏兄弟志明、志忠孝友甚笃，志明后娶的老婆马氏阴险贪婪，逼迫兄弟分家。志明打死了人，志忠挺身代兄抵罪偿命。马氏为夺志忠的产业，逼志忠之妻李氏改嫁，李氏不从，削发为尼。马氏虐待志忠之子刘定生，又想把定生逐出家门，被志明察觉。马氏命侄儿保柱勒死刘定生，不料仓促间却勒死了刘志明。马氏嫁祸于定生，告到官府，县令崔明为官清正，查明实情，请包公设法救刘氏兄弟还阳，最终马氏与保柱被处死。

魏长生饰演的马氏是一个泼辣角色，人到中年，相貌娟好，但心如蛇蝎，令人切齿。这个角色是魏长生成功首创，说明魏长生戏路宽广，不光小旦戏出彩，各种人物他都能演得活灵活现。

在扬州时，魏长生饰演的这个马氏给人留下了深刻印象，当地的昆班嵩祝班都想把《铁莲花》改来演唱。这次魏长生来京，北京的秦腔班、徽班找到了典范，这出泼辣旦戏也就保留下来了。

魏长生最喜欢演的戏还有《背娃进府》，这本戏也叫《温凉盏》，说的是人情冷暖、世态炎凉的故事。张元秀家贫，以打柴为生，寄居在表兄李平家，表兄家境也不宽裕，但表大嫂待之甚温厚，经常以衣食接济。张的岳父耿胥嫌女婿贫穷，常常讥诮侮辱。张元秀拾得宝贝"温凉玉盏"，进京献宝，很久不见音信。岳父嚷嚷着要退亲，后来干脆把女儿卖给了吹鼓手班子里一个敲锣的，又被李平夫妇抢回来。张元秀因进献温凉玉盏，被封为"进宝状元"，又加封侯爵。张不忘表兄嫂的恩德，接李氏夫妇和孩子进府同享富贵。耿胥也来庆贺，张元秀痛恨其势利，罚他跪地。李氏夫妇劝解，说："你没听人说，路走错了能回来，话说错了就拐不回来了。只要他知错认错，那就对了。念起嫂嫂这个大脸大面子，叫他起来。"张元秀方才息怒。

这是一本充满滑稽意味的人情戏，人物的装扮很别致，表哥李平是一足穿靴，一足穿鞋，手拿旱烟袋，表大嫂李妻是背着道具娃娃，也手拿烟袋，扮的是一对来自乡村的善良而滑稽的夫妇。整出戏没有什么唱腔，全凭艺人的白口取胜，戏里有李平夫妇多段对称而重复的台词，有随机的打岔，有长段的歇后语。李平夫妻将冷红薯、木耳、豆腐、黄豆面、白麦面、黑豆面、绿豆面、高粱面、红辣子、红萝卜、韭菜花一连串庄稼人的吃食说得趣味横生；西瓜籽、南瓜籽、冬瓜籽、梨瓜籽、丝瓜籽、茄子籽、苣莲籽，说起来口若串珠；表大嫂说起歇后语，更是必须有极伶俐的念白功夫。你看她如何数落张元秀：

人家娃叫，人家娃叫，人家娃大大小小头的个叫。背的格头往苞谷地里跑哩——你寻牛哩，还是撞杆哩？红萝卜缨子挨炸弹——着了一个满天飞。屎巴牛掉到尿壶里——生装你的醋泡酸梅子。屎巴牛落到秤杆上——受罪哩，你当高鹞子观星哩！长虫把头剁了——死淋虫一个。长虫缠在辘轳把上——把不缠你，你还缠把哩！哈巴狗立在供桌上——你和爷爷斗起嘴来了。庙后边的南瓜——你还想给爷爷结蛋蛋哩。你是装下的不像，磨下的不亮，升子丢在地里——八棱子没相。锅刷子写字——笔画太壮。耙刺睡觉——屁股朝上。屁股上蹬了一脚——稀屎拉了一炕。吃的冷馍，睡的冷炕，点的琉璃灯，你还嫌不亮。你是羊皮一张搭在板凳上——生装的四腿没毛，死狗一条，趴下不跑，尾巴也不摇，你是个啥玩意儿？你真是鬼头肉——毛盖儿长在后头，见了你爸，你叫舅舅。花盆里栽娃——坟地没人看，你还当你务人哩！你是吃的石灰，喝的靛花——放你娘的月兰屁。把你爸死了——放你娘的寡妇屁。屎巴牛落在粪堆上了——生装你的夯货。我娃这个脸小，我明日给我娃买一个烧酒盅洗脸，拿指头蘸点水，给娃把屁股蛋子洗净。

一些街谈巷语从表大嫂口里说出，波澜起伏，令人解颐，一个善良、温厚、幽默风趣的农村妇女被魏长生演得非常可爱又非常可敬。同样一个表大嫂，许多人都能演，五十多岁的魏长生演来却是身价十倍。

天寿堂的魏婉卿，一边授徒，一边唱戏，不觉日出日落，匆匆两年已过。戏台上的魏三官，尽管"仍余风韵"，甚至"风韵弥佳"，但毕竟唱戏不养老，年龄不饶人，人们感叹"婆娑一老娘，无复当日之姿媚矣"。他煞费苦心扮好了妆，戏班里不懂事的孩子还讥笑他。

嘉庆年间的魏长生，收入显然大不如从前，他忘不了家里的老妻，忘不了儿子和孙子，攒多了银子就寄回老家。此时北京已经有了票号，山西平遥人开的票号汇兑非常方便，号称"汇通天下"。嘉庆七年壬戌端午节，魏长生到票号汇出了最后的一笔银子，可能老家的亲人还没有收到，人生的最后一场大祸就降临到了魏长生的头上。

这天，魏长生演的是《表大嫂背娃子》。出场的一霎，他就觉得头顶一蒙，一身虚汗。他强打精神，拼全力演完了全场，待下场门的帘子撩起，他咬牙绷着劲提脚迈进后台。终于撑到了下场，魏长生心劲儿一松，一头栽倒在地上，再也没有醒过来。

魏长生死了,他在戏台上告别了人间。

一代名伶陨落,五月的北京狂风骤起,黑云压城,电闪雷鸣,大雨倾盆,还夹杂着冰雹。

魏长生死后,梨园馆料理他的身后事。魏长生在天寿堂没有留下银子,梨园同行和一些受过魏三官资助的人凑了二十吊钱,给他买了一口柳木棺材。他生前主持过的梨园馆为他在陶然亭西的梨园义地选择了一个墓穴,灵柩先入土,等待来日再把遗骨送回故乡。

俗话说"一日为师,终身为父",刘朗玉披麻戴孝,跪在恩师魏长生的坟前,烧了香,烧了纸,号啕大哭。主持葬礼的王道士,扬着纸幡,扯着四川腔高喊:

"魂兮——向西南!"

烈日下,只见一阵旋风升起,纸钱和灰蝶儿升空,随着旋风向着西南方向盘旋,直到看不见影子。人们高呼:

"魏三官还乡了!一路走好!"

魏长生死了,享年五十九岁。

随着时间的流逝,他的身影在人们的记忆里渐渐淡化,魏长生的名字渐渐不再为人提起,但通过一些文人留下的笔墨,还能使数百年后的人窥见当年这颗星辰的光芒。

焦循在扬州江春家见过魏长生,看过他的戏,印象颇佳,对他演出的花部戏十分赞赏。嘉庆六年,焦循中举,次年进京会试落第,从此安心在家做学问,侍奉母亲,不再为仕途奔波。他在北京逗留的时候,又见到了魏长生,可是不到一个月,魏长生就永远谢宾客了。焦循闻讯,作诗《哀魏三》以寄哀情:

  花开人共看,
  花落人共惜。
  未有花开不花落,
  落花莫要成狼藉。
  可怜如舜颜,
  瞬息霜生鬓。
  可怜火烈光,
  瞬息成灰烬。
  长安市上少年多,
  自夸十五能娇歌。
  娇歌一曲令人醉,
  纵有金钱不轻至。
  金钱有尽时,
  休使囊无资。
  红颜有老时,
  休令颜色衰。
  君不见魏三当年照耀长安道,

此日风吹墓头草。

读此诗，似闻焦里堂先生邗上的长歌，感慨系之。
道光年间，华胥大夫张际亮有诗云：

人间都说魏三官，
豪举于今见亦难。
多少孝廉归不得，
北风珠市泪花寒。

说的是魏长生虽为优伶，但性情豪爽，有钱常常接济贫士。多年之后，读书人拮据泪落的时刻，会想起这个慷慨好施的魏三官来。

三百年后，有一位讲授中国戏曲史的老先生，因读郑振铎《汤祷篇》和黄仁宇《万历十五年》，很欣赏他们独特的治史和叙史的方法。2020年闲居家中时读鲁迅《故事新编》、郭沫若《地下的笑声》，清代名伶魏长生的影像时时浮动于脑海，意兴顿发，很想动笔一试，遂写下了这本《魏三外传》。

　　　　　　2020 年庚子端午　初稿
　　　　　　2021 年辛丑中秋　二稿

参考文献

李自成据宫掖……进圆圆。自成惊且喜,遽命歌。奏吴歈,自成蹙额曰:"何貌甚佳而音殊不可耐耶?"即命群姬唱西调,操阮筝击缶,己拍掌以和之,繁音激楚,热耳酸心。

(清·陆次云《圆圆传》)

秦优新声,有名乱弹者,其声甚散而哀。

(清·刘献廷《广阳杂记》)

近今且变弋阳腔为四平腔、京腔、卫腔,甚且等而下之,为梆子腔、乱弹腔、巫娘腔、唢呐腔、罗罗腔矣。愈趋愈卑,新奇迭出,终以昆曲为正音。

(清·刘廷玑《在园杂志》)

长安梨园称盛,管弦相应,远近不绝。子弟装饰备极靡丽,台榭辉煌。观者叠股倚肩,饮食若吸鲸填壑,而所好惟秦声、罗、弋,厌听吴骚。闻歌昆曲,辄哄然散去。

(清·徐孝常《梦中缘·序》)

又有魏长生者，四川金堂人，初为某烟叶铺徒，继在某曲部中学艺，后为秦中著名之花旦。

余幼小时，闻先大伯言，乾隆时两川用兵，秦中地当孔道，将士之调动，差徭之困苦，西北一隅，为杀气所蒙幂。白水县有王二者，卖豆腐为业，其叔以摊派失平，以缙绅身伤控县令于上宪，被诬为盗，囚毙狱中。县绅皆为不平，怂恿王二迭次上控，层峰不理。后至京师，由魏三周旋，上控于大理院，札斥陕抚，撤委同州府守及白水县令，另易新任，反复更审，冤狱始平。此后民间有"七个举，八个监，不如行三一支旦"之歌谣。

（王绍猷《秦腔记闻》1949 易俗社）

清乾隆初年，四川金堂县城厢镇秀水乡有个十三岁孩子名叫魏长生，在家排行老三，人们都称他魏三。因家贫，靠母亲为人做佣人，维持生计。据传他舅父曾在西安西大街开设卷烟当铺，生意不错。一天，一个入川的西安秦腔戏班回陕西，途经城厢镇，魏长生为了生计，便借机跟随戏班来到西安，投奔舅父，在烟铺当学徒。后来因与邻商学徒斗殴，揪断了邻商学徒的辫子，怕吃官司，便私自逃至大荔的船社渡。适逢某秦腔班子正在演会戏，为了糊口，便入班从艺，学演花旦。

（《中国戏曲志·陕西卷·轶闻传说》）

魏长生（1744—1802），金堂人，秦腔旦角演员。字婉卿，行三，人称魏三。自幼家贫，十三岁随舅父入陕，在西安一水烟铺做学徒，因与邻商学徒斗殴，潜逃至洛河入梆子班学艺（一说因自幼家贫，随江湖艺人入陕，改学秦腔）。清乾隆三十九年（1774年）随班经山西辗转入京，因卖座不佳而返陕。刻苦钻研数年后，于乾隆四十四年（1779年）再度入京，欲入双庆部，时双庆部不为众赏，歌楼莫不齿及。长生告其部人曰："使我入班两月而不为诸君增价者，甘受罚无悔。"既而以《滚楼》一剧名动京城，"观者日至千余，六大班顿为之减色"。

（《中国戏曲志·四川卷·传记》）

魏三，名长生，字婉卿，四川金堂人，伶中子都也。昔在双庆部以《滚楼》一出，奔走豪儿，士大夫亦为心醉。其他杂剧子胄，无非科诨诲淫之状，使京腔旧本束之高阁，一时歌楼观者如堵，而六大班几无人过问，或至散去。白香山云："三千宠爱在一身，六宫粉黛无颜色。"真可为长叹息者。壬寅秋，奉禁入班，其风始息。今虽复演，与银官分部，改名永庆，然较前则杀矣。而王刘诸人，承风继起，亦沿习丑状，以趋时好。余谓魏三作俑，可称"野狐教主"。伤哉！幸年届房老，近见其演贞烈之剧，声容真切，令人欲泪，则扫除脂粉，固犹是梨园佳子弟也。效颦者当先有其真色，而后可免东家之诮耳。

（清·吴长元《燕兰小谱》卷三《花部》）

友人云：京旦之装小脚者，昔时不过数出，举止每多瑟缩。自魏三擅名之后，无不以小脚登场，足挑目动，在在关情。且闻其媚人之状，若晋侯之梦与楚子抟焉。

友人言：蜀伶新出琴腔，即甘肃调，名西秦腔。其器不用笙笛，以胡琴为主，月琴副之。工尺咿唔如话，且色之无歌喉者，每借以藏拙焉。

友人言：近日歌楼老剧冶艳成风，凡报条有《大闹销金帐》者（以红纸书所演之戏，贴于门牌，名曰"报条"），是日坐客必满。魏三《滚楼》之后，银儿、玉官皆效之。

友人言：近时豪客观剧，必坐于下场门，以便与所欢眼色相勾也。

（清·吴长元《燕兰小谱》卷五《杂咏》）

友人张君示余《魏长生小传》，不知何人作也。叙其幼习伶伦，困厄备至。己亥岁随人入都。时双庆部不为众赏，歌楼莫之齿及。长生告其部人曰："使我入班，两月而不为诸君增价者，甘受罚无悔。"既而以《滚楼》一剧名动京城，观者日至千余，六大班顿为之减色。又以齿长，物色陈银儿为徒，传其媚态，以邀豪客。庚辛之际，征歌舞者无不以双庆部为第一也。且为人豪侠好施，一振昔年委靡之气。乡人之旅困者多德之。

（清·吴长元《燕兰小谱》卷五《杂咏》）

京师梨园中有色艺者，士大夫往往与相狎。……近年闻有蜀人魏三者，尤擅名，所至无不为之靡，王公大人俱物色恐后。余已出京，不及见。岁戊申，余至扬州，魏三者忽在江鹤亭家，酒间呼之登场，年已四十，不甚都丽，惟演戏能随事自出新意，不专用旧本，盖其灵慧较胜云。

（清·赵翼《檐曝杂记》卷二《梨园色艺》）

惟弋腔不知起于何时，其铙钹喧阗，唱口嚣杂，实难供雅人之耳目。近日有秦腔、宜黄腔、乱弹诸曲名，其词淫邪猥鄙，皆街谈巷议之语，易入市人之耳。又其音靡靡可听，有时可以节忧。故趋附日众，虽屡经明旨禁之，而其调终不能止，亦一时习尚然也。

（清·昭梿《啸亭杂录》卷八《秦腔》）

魏长生，四川金堂人，行三，秦腔之花旦也。甲午夏入都，年已逾三旬外。时京中盛行弋腔，诸士大夫厌其嚣杂，殊乏声色之娱，长生因之变为秦腔，词虽鄙猥，然其繁音促节，呜呜动人……故名动京师。凡王公贵位以至词垣粉署，无不倾掷缠头数千百，一时不得识交魏三者，无以为人。其徒陈银官复髫龄韶秀，当时有青出于蓝之誉。

（清·昭梿《啸亭杂录》卷八《魏长生》）

自魏长生以秦腔首倡于京都,其继之者如云。有王湘云者,湖北沔阳人,善秦腔,貌毓秀,为士大夫所赏识……湘云性幽霭,善绘墨兰,颇多风趣……后湘云改业为商贾,家颇富饶,至今犹在云。

(清·昭梿《啸亭杂录》卷八《燕兰小谱》)

京腔六大班盛行已久,戊戌、己亥时尤兴王府新班。湖北江右公宴,鲁侍御赞元在座,因生角来迟,出言不逊,手批其颊。不数日,侍御即以有玷官箴罢官,于是缙绅相戒不用王府新班,而秦腔适至,六大班伶人失业,争附入秦班觅食,以免冻饿而已。

(清·戴璐《藤阴杂记》卷五《中城南城》)

三儿,姓魏,名长生,字婉卿,四川金堂人,卒于壬戌送春日,年已五十有九矣。长生于乾隆甲午后始至都,习见其《滚楼》,举国若狂,予独不乐观之。迨乙未至都,见其《铁莲花》,始心折焉。庚申冬复至,频见其《香联串》,小技也,而进乎道矣。其志愈高,其心愈苦,其自律愈严,其爱名之念愈笃。故声容如旧,风韵弥佳,演武技气力十倍。朗玉刘郎乃其晚年得意之徒,谓可度金针者,惜师授未克尽传,长生已成逝水矣。然朗玉之剧,居然得其遗风余韵。悼婉卿之不复,即望朗玉于将来。朗玉勉旃。

最好春光醉画楼,
　重逢缟袂剧风流。

一官憔悴名伶老，
穷绔当场相况愁。

英雄儿女一身兼，
老去登场志苦严。
绕指柔含钢百炼，
打熊手是玉纤纤。

侠骨棱棱百感生，
仍余风韵动人情。
君堪与我参同契，
诗酒诙谐意气横。

烂漫春消鬓未霜，
野狐参透境悲凉。
一声杜宇随春去，
无复歌台谢素娘。

海外咸知有魏三，
清游名播大江南。
幽魂远赴绵州道，
知己何人为脱骖。

（清·小铁笛道人《日下看花记》卷四《三儿》）

庆瑞，姓刘，字朗玉，年二十一岁，顺天大兴黄村人。三庆部魏长生之徒也。幼以小曲著名，娇姿贵彩，明艳无双，态度安详，歌音清美。每于淡处生妍，静中流媚。不惯蹈跷而腰肢约素，不矜饰首而鬓髻如仙。《胭脂》《烤火》，超乎淫逸，别致风情；《闯山》《铁弓缘》艳而不淫。古语"一笑倾城"，刘郎足以当之。至《别妻》一出，手拨湘弦，清商一阕，轻风流水，令人躁释矜平，尝思松月山亭、烟波画舫。得此风调，累心都尽。谢仁祖企脚北窗弹琵琶，未可便作天际真人想。辛酉春暮，偕小樊居士观刘郎此出，交口称佳。次日又演《送灯》，宛遇洛水之神，精摇魄荡。时方红药盛开，对花怀人，吟笺满箧。嗣后缥缈娇云，频萦寤想。客春仍偕小樊访之，循若书生。辞寡心灵，不浮不滞。连番雅集，著有《红药新吟》，乞序于味闲居士，表其方韵。今刘郎声华霞烂，襟抱冷然，喜接名流，倾心婵雅。近嗜学书，笔姿秀劲，梨园中佳子弟也。昔渼碧为婉卿高足，擅出蓝之誉。后秀黄村，性情色艺，何减前芳，籍甚一时耶！

（清·小铁笛道人《日下看花记》卷一）

人间都说魏三官，
豪举于今见亦难。
多少孝廉归不得，
北风珠市泪花寒。

魏长生，至今天下皆称魏三官。豪侠好施，其居西珠市口。传有蜀某孝廉,以贫偶愁,坐其门阑。魏询知,因留于家,且为求贵人,得县令以去。

(清·张际亮《金台残泪记》卷二)

乾隆末,魏长生车骑若列卿。出入和珅府第,遇某御史,杖之途,此风因息。今车行皆障以青帷。

魏长生旧宅,在西珠市口,今为梨园馆,士大夫于此宴会焉。

魏长生于和珅有断袖之宠。

(清·张际亮《金台残泪记》卷三)

杨升言:魏三年六十余,复入京师理旧业,发鬖鬖有须矣。日携其十余岁孙赴歌楼。众人属目,谓老成人尚有典型也。登场一出,声价十倍。夏月,扮《表大嫂背娃子》,下场即气绝。魏三为野狐教主,以《葡萄架》《销金帐》二出。杨升云云,我未之前闻也。

(清·杨懋建《梦华琐簿》)

魏三有弟子二人,长曰金官,今人但知银官而已。金官白晳,银官微有雀麻。兄弟同买屋孙公园,别宅而居。今相传直隶总督温公承惠宅即其地,非也。银官宅在后孙公园,当日呼"亢家花园"。闻其中有茔地在焉。园既归银官,复赂亢氏子孙,使迁葬。大兴土木,穷极侈丽。不三月而祸作,门外筑马墙犹未竟也。先是有游僧坐关银官门外,募千金施,靳弗与,未几遂及于难,僧亦不知所往。此与西门庆施五百金营梵刹事相类而相反。

(清·杨懋建《梦华琐簿》)

三面起楼下覆廊,
广庭十丈台中央。
鱼鳞作瓦蔽日光,
长筵界画分畛疆。
童仆虎踞豫守席,
主客鱼贯来观场。
充楼塞院簪履集,
送珍行酒佣保忙。
衣冠纷纭付典守,
酒胡编记皆有章。
砧刀过处雨毛血,
酒肉臭时连士商。
台中奏技出优孟,
座上击碟催壶觞。
淫哇一歌众耳侧,
狎昵杂陈群目张。
雷同交口赞叹起,
解衣侧弁号呶将。
曲终人散日过午,
别求市肆一饭充饥肠。
……

（清·蒋士铨《忠雅堂文集》卷八《京师乐府·戏园》）

凡茶园皆有楼，楼皆有几，几皆曰"官座"。右楼官座曰"上场门"，左楼官座曰"下场门"。狎旦色者曰"斗"，争坐下场门。楼下左右前方曰"散座"，中曰"池心"，池心皆坐市井小人。凡散座，一座百钱，曰"茶票"。童子半之，曰"少票"。池心无童子座，署曰"池心不卖少"。乐部登场，坐者毋许径去，署曰"开戏不倒票"。官座一几，茶票七倍散座。二"斗"每据一几，虚其位，待旦色入座问安，立于仆竖之间。无茶票者，曰"听栏杆戏"。

（清·张际亮《金台残泪记》卷三）

俗呼旦脚曰"包头"，盖昔年俱戴网子，故曰"包头"。今则俱梳水头，与妇人无异，乃犹袭"包头"之名，觚不觚矣。闻老辈言：歌楼梳水头、踹高跷二事，皆魏三作俑，前此无之。故一登场，观者叹为得未曾有，倾倒一时。今日习为故常，几于数典而忘其祖矣。

（清·杨懋建《梦华琐簿》）

蜀伶陈银，走数千里来京师，入宜庆部。短小精悍，顾盼自喜，演剧时虽傅粉调脂，弓鞋窄袖，效女子装束，而科诨诙谐，亵词秽语，丑状百出。屠沽及舆抬隶，往往拍案狂叫，欢声雷动，其臭味相投所宜然也。久之，士大夫亦群起叫绝，剧中无陈银，举座不乐。数年间，侑觞媚寝，所得金绮珠玉累数万。陈银于是居奇炫异，谓京国好尚者如此。凡踵门求款曲者，无缠头之赠，赠或不丰者，皆拒不纳。一日，日既暮，有客乘后轮车，被服炫丽，仆从如云，云粤西参议计偕来京。握手道相见之晚。语次颐稍动，一健仆奉千金至，曰："聊以表数年来万里思卿之意。待公事毕，尚拟略尽绵薄。"语毕辞去。陈银私谓"此人真奇货"，持其裾，欲留信宿，以罄其囊橐。客沉吟再四，曰："余甫入都门，诸事猬集。无已，明晚当就教，过此无隙矣。"次日，陈银设盛宴，并出其妻妾，艳妆侑酒，履舄交错，杯盘狼藉。客令群仆返寓，而屏诸侍席者于重门之外。夜分人寂，潜以迷药入酝中，遍饷诸人，少选皆昏仆。客一声呼啸，群仆从屋上跃下，陈银数年所蓄，侑觞媚寝之资，倾筐倒箧而去。

（清·俞蛟《梦厂杂著》）

两淮盐务例蓄花、雅两部，以备大戏。雅部即昆山腔，花部为京腔、秦腔、弋阳腔、梆子腔、罗罗腔、二簧调，统谓之"乱弹"。

郡城花部，皆系土人，谓之本地乱弹，此土班也。至城外邵伯、宜陵、马家桥、僧道桥、月来集、陈家集人，自集成班，戏文亦间用元人百种，而音节服饰极俚，谓之"草台戏"，此又土班之甚者也。若郡城演唱，皆重昆腔，谓之"堂戏"。本地乱弹只行之祷祀，谓之"台戏"。迨五月昆腔散班，乱弹不散，谓之"火班"。后句容有以梆子腔来者，安庆有以二簧调来者，弋阳有以高腔来者，湖广有以罗罗腔来者，始行之城外四乡，继或于暑月入城，谓之"赶火班"。而安庆色艺最优，盖于本地乱弹，故本地乱弹间有聘之入班者。京腔用汤锣不用金锣，秦腔用月琴不用琵琶，京腔本以宜庆、萃庆、集庆为上。自四川魏长生以秦腔入京师，色艺盖于宜庆、萃庆、集庆之上，于是京腔效之，京秦不分。迨长生还四川，高朗亭入京师，以安庆花部，合京秦两腔，名其班曰三庆，而曩之宜庆、萃庆、集庆遂湮没不彰。

郡城自江鹤亭征本地乱弹，名春台，为外江班。不能自立门户，乃征聘四方名旦，如苏州杨八官、安庆郝天秀之类。而杨、郝复采长生之秦腔，并京腔中之尤者，如《滚楼》《抱孩子》《卖饽饽》《送枕头》之类，于是春台班合京秦二腔矣。熊肥子演《大夫小妻打门吃醋》，曲尽闺房儿女之态。

四川魏三，号长生，年四十来郡城投江鹤亭，演戏一出，赠以千金。尝泛舟湖上，一时闻风，妓舸尽出，画桨相击，溪水乱香。长生举止自若，意态苍凉。

（清·李斗《扬州画舫录》卷五《新城北录下》）

癸丑夏，集秀扬部到都。闻其行当各色，富丽齐楚，诸优尽属隽龄。一日，友人式南自歌馆回，艳称是部，足冠一时。

（清·铁桥道人、石坪居士、问津渔者《消寒新咏》卷一）

高月官，安庆人，或云三庆徽班掌班者。在同行中齿稍长，而一举一动酷肖妇人。第丰厚有余，而轻柔不足也。华服严妆，见之者无红颜女子之怜，有青蚨主母之号。善南北曲，兼工小调。尝与双凤、霞龄等扮勾栏院妆,青楼无出其上者。若【寄生草】【剪靛花】,淫靡之音,依腔合拍。所谓入烟花之队,过客魂销;喷脂粉之香,游人心醉者矣。

(清·铁桥道人、石坪居士、问津渔者《消寒新咏》卷四)

月官,姓高,字朗亭,年三十岁,安庆人,本籍宝应。现在三庆部掌班,二簧之耆宿也。体干丰厚,颜色老苍,一上氍毹,宛然巾帼,无分毫矫强。不必征歌,一颦一笑,一起一坐,描摹雌软神情,几乎化境。即凝思不语,或诟啐哗然,在在耸人观听,忘乎其为假妇人。岂属天生,未始不由体贴精微而至。后学循声应节,按部就班,何从觅此绝技?《燕兰小谱》目婉卿(魏长生)为"一世之雌",此语兼可持赠朗亭。

(清·小铁笛道人《日下看花记》卷四)

魏王船上客,久别自燕京。
忽得锦官信,来从绣水城。
讴推王豹善,曲著野狐名。
声价当年贵,千金字不轻。

傅粉何平叔,施朱张六郎。
一生花底活,三日坐中香。
假髻云霞腻,缠头金玉相。

燕兰谁作谱，名独殿群芳。

（清·李调元《童山诗集》卷三十一《得魏婉卿书二首》）

蜀中伶人魏三者，善效妇女妆，名满于京师。丁未、戊申间，余识其面于扬州市中，年已三十余。壬戌春，余入都，魏仍在，与诸伶伍。年五十三犹效妇女，伶之少者多笑侮之。未一月，顿殁。

魏少时，费用不下巨万，金钏盈数筐。至此，其同辈醵钱二十千，买柳棺瘗之，闻者为之太息。余闻魏性豪，有钱每以济贫士，士有赖之成名。或曰：有选蜀守者，无行李资，魏夜至，赠以千金。守感极，问所欲，魏曰："愿在吾乡做好官。"此皆魏弱冠时事，相距盖三十年许也。信然，有足多者。

花开人共看，

花落人共惜。

未有花开不花落，

落花莫要成狼藉。

可怜如舜颜，

瞬息霜生鬓。

可怜火烈光，

瞬息成灰烬。

长安市上少年多，

自夸十五能娇歌。

娇歌一曲令人醉,

纵有金钱不轻至。

金钱有尽时,

休使囊无资。

红颜有老时,

休令颜色衰。

君不见魏三当年照耀长安道,

此日风吹墓头草。

(清·焦循《里堂诗集》卷六《哀魏三》)

乾隆四十五年十一月乙酉,上谕军机大臣等,前令各省将违碍字句书籍实力查缴,解京销毁。现据各督抚等陆续解到者甚多。因思演戏曲本内,亦未必无违碍之处,如明季国初之事,有关涉本朝字句,自当一体饬查。至南宋与金朝关涉词曲,外间剧本往往有扮演过当,以致失实者;流传久远,无识之徒或至转以剧本为真,殊有关系,亦当一体饬查。此等剧本,大约聚于苏、扬等处,著传谕伊龄阿、全德留心查察。有应删改及抽撤者,务为斟酌妥办,并将查出原本暨删改抽撤之篇,一并粘签解京呈览。但须不动声色,不可稍涉张皇。

(《大清高宗纯皇帝实录》卷一千一百十八,乾隆四十五年十一月乙酉,末并云:"全德向不通晓汉文,恐交伊专办,未能妥协,所有苏州一带应查禁者,并著伊龄阿帮同办理。")

乾隆五十年议准，嗣后城外戏班，除昆弋两腔仍听其演唱外，其秦腔戏班交步军统领五城出示禁止。现在本班戏子，概令改归昆弋两腔。如不愿者，听其另谋生理。倘有怙恶不遵者，交该衙门查拿惩治，递解回籍。

（《钦定大清会典事例》卷一千零三十九《都察院·五城》）

兵部侍郎兼都察院右副都御史总理粮储提督军务巡抚江宁等处地方事务费为晓谕事。

照得钦奉谕旨。元明以来，流传剧本，皆系昆弋两腔，已非古乐正音，但其节奏腔调，犹有五音遗意。即扮演故事，亦有谈忠说孝，尚足以观感劝惩。乃近日倡有乱弹、梆子、弦索、秦腔等戏，声音既属淫靡，其所扮演者，非狭邪媟亵，即怪诞悖乱之事，于风俗人心，殊有关系。此等腔调，虽起自秦皖，而各处辗转流传，竞相仿效。即苏州、扬州，向习昆腔，近有厌旧喜新，皆以乱弹等腔为新奇可喜，转将素习昆腔抛弃。流风日下，不可不严行禁止。嗣后除昆弋两腔仍照旧准其演唱，其外乱弹、梆子、弦索、秦腔等戏，概不准再行唱演。所有京城地方，着交和珅严查饬禁，并着传谕江苏、安徽巡抚，苏州织造，两淮盐政，一体严行查禁。如再有仍前唱演者，惟该巡抚、盐政、织造是问。钦此。

钦遵。查乱弹、梆子、弦索、秦腔等戏，淫靡媟亵，怪诞不经，最为风俗人心之害。今钦奉谕旨，饬禁森严。即应先令民间概行摒弃，不复演唱，则此种戏班，无技可施，庶不致辗转流传，竞相仿效。除行司转饬查禁，如系外来之班，谕令作速回籍，毋许在境逗留。其原系本省之班，如能改习昆弋两腔，仍准演唱外，合亟出示晓谕。为此示仰阖属军民人等及各戏馆知悉。嗣后民间演唱戏剧，止许扮演昆弋两腔。其有演乱弹等戏者，定将演戏之家及在班人等，均照违制律，一体治罪，断不宽贷。各宜凛遵毋违。特示。

合郡梨园，如意、吉祥、建兴、建隆、建恒、建永、建福、建升、建安、建新、建泰、建宁、建仁、建义、建礼、建智、八音、永安、长庆，各会公立。

董事金玉成立石。

嘉庆三年三月初四日示。

（苏州《翼宿神祠碑记》）

主要参考书目

《清代燕都梨园史料》，张次溪编，中国戏剧出版社，1988。
《中国戏曲通史》，张庚、郭汉城主编，文化艺术出版社，2014。
《中国戏曲志·陕西卷》，中国戏曲志编辑委员会编，中国 ISBN 中心，1995。
《中国戏曲志·四川卷》，中国戏曲志编辑委员会编，中国 ISBN 中心，1995。
《中国戏曲志·北京卷》，中国戏曲志编辑委员会编，中国 ISBN 中心，1999。
《中国戏曲志·山西卷》，中国戏曲志编辑委员会编，文化艺术出版社，1990。
《秦腔研究论著选》，陕西省艺术研究所编，陕西人民出版社，1983。
《秦腔剧目初考》，陕西省艺术研究所编，陕西人民出版社，1984。
《明清戏曲珍本辑选》，孟繁树、周传家编校，中国戏剧出版社，1985。
《新花部农谭》，周传家著，花山文艺出版社，1991。
《京都古戏楼》，周华斌著，海洋出版社，1993。
《京剧·跷和中国的性别关系》，黄育馥著，生活·读书·新知三联书店，1998。
《会馆戏台与戏剧》，王强著，文津出版社有限公司，2000。
《乾嘉时期昆剧艺人在表演艺术上因应之探讨》，汪诗珮著，学海出版社，2000。
《乾隆时期戏曲活动研究》，丘慧莹著，文津出版社有限公司，2000。
《清代花部戏研究》，金登才著，中国戏剧出版社，2006。
《山陕商人与梆子戏考论》，刘文峰著，文化艺术出版社，2011。
《清代戏剧文化考辨》，王政尧著，北京燕山出版社，2014。
《戏曲学》，曾永义著，三民书局，2016。